MIGUEL TORGA
O LAVRADOR DAS LETRAS
UM PERCURSO PARTILHADO

NO 1.º CENTENÁRIO DO SEU NASCIMENTO

CRISTÓVÃO DE AGUIAR

MIGUEL TORGA
O LAVRADOR DAS LETRAS
UM PERCURSO PARTILHADO

NO 1.º CENTENÁRIO DO SEU NASCIMENTO

ALMEDINA

MIGUEL TORGA
O LAVRADOR DAS LETRAS
UM PERCURSO PARTILHADO

AUTOR
CRISTÓVÃO DE AGUIAR

EDITOR
EDIÇÕES ALMEDINA, SA
Avenida Fernão de Magalhães, n.º 584, 5.º Andar
3000-174 Coimbra
Tel.: 239 851 904
Fax: 239 851 901
www.almedina.net
editora@almedina.net

PRÉ-IMPRESSÃO • IMPRESSÃO • ACABAMENTO
G.C. – GRÁFICA DE COIMBRA, LDA.
PALHEIRA – ASSAFARGE
3001-453 COIMBRA
producao@graficadecoimbra.pt

Outubro, 2007

DEPÓSITO LEGAL
264665/07

Os dados e as opiniões inseridos na presente publicação
são da exclusiva responsabilidade do(s) seu(s) autor(es).

Toda a reprodução desta obra, por fotocópia ou outro qualquer processo,
sem prévia autorização escrita do Editor,
é ilícita e passível de procedimento judicial contra o infractor.

OBRAS DO AUTOR

POESIA:
Mãos Vazias,
ed. do Autor com a chancela da Livraria Almedina, 1965 (fora do mercado)

O Pão da Palavra,
Cancioneiro Vértice, Coimbra, 1977

Sonetos de Amor Ilhéu,
ed. do autor, Coimbra, 1992 (esgotado)

PROSA:
Breve Memória Histórica da Faculdade de Ciências
(No II Centenário da Reforma Pombalina, Coimbra, 1972 (esgotado)

Alguns Dados sobre a Emigração Açoriana,
Separata da revista Vértice, Coimbra, 1976 (esgotado)

Raiz Comovida (A Semente e a Seiva),
1.ª ed., Centelha, Coimbra, 1978
(Prémio Ricardo Malheiros da Academia das Ciências de Lisboa);
2.ª ed. Bertrand, 1980 (esgotado)

Raiz Comovida II
(Vindima de Fogo), 1.ª ed. Centelha, Coimbra, 1979 (esgotado)

Raiz Comovida III (O Fruto e o Sonho),
1.ª ed., Angra do Heroísmo, SREC, 1981 (esgotado)

Raiz Comovida (trilogia romanesca),
ed. num só volume, Editorial Caminho, 1987;
2.ª ed. revista e remodelada,
Publicações Dom Quixote, Lisboa, 2003

Ciclone de Setembro (romance ou o que lhe queiram chamar),
Editorial Caminho, 1985

Com Paulo Quintela À Mesa da Tertúlia, (nótulas biográficas)
1.ª ed., Serviço de Publicações da Universidade de Coimbra, 1986;
2.ª ed. revista e aumentada (no 1.º centenário do seu nascimento),
Imprensa da Universidade de Coimbra, 2005

Passageiro em Trânsito, novela em espiral ou o romance de um ponto a que se vai acrescentando mais um conto),
1.º ed. Editora Signo, Ponta Delgada, 1988;
2.ª ed. refundida, Edições Salamandra, Lisboa, 1994

O Braço Tatuado
(narrativa militar aplicada), Editora Signo, 1990

Emigração e Outros Temas Ilhéus, miscelânea),
Editora Signo, 1992

A Descoberta da Cidade e Outras Histórias,
Editora Signo, 1992

Grito em Chamas, polifonia romanesca),
1.ª ed. Edições Salamandra, Lisboa, 1995

Relação de Bordo (1964-1988), *diário ou nem tanto ou talvez muito mais*,
Campo das Letras, Porto, 1999 (Grande Prémio APE /CMP, 2000)

Relação de Bordo II (1989-1992), *diário ou nem tanto…*
Campo das Letras, 2000

Trasfega, casos e contos,
Publicações Dom Quixote, Prémio Miguel Torga 2002,
1.ª ed. 2003; 2.ª ed. 2003

Nova Relação de Bordo (III Volume), *diário ou nem tanto…*
Publicações Dom Quixote, 2004

Marilha, sequência narrativa,
Publicações D. Quixote, 2005

A Tabuada do Tempo, a lenta narrativa dos dias,
Prémio Miguel Torga 2006,
Livraria Almedina, Coimbra, 2007

Miguel Torga, O Lavrador das Letras,
Livraria Almedina, 2007

TRADUÇÕES
A Riqueza das Nações, Adam Smith,
Fundação Calouste Gulbenkian, 1982

A Nobre Arquitectura, poemas de António Arnaut,
traduzidos para inglês.

Cristóvão de Aguiar nasceu na freguesia de Pico da Pedra, Ilha de S. Miguel, em 1940. Frequentou Filologia Germânica, na Faculdade de Letras, em Coimbra, curso que interrompeu para tirar o de Oficiais Milicianos. Em Abril de 1965 partiu para a Guiné, deixando publicado o livrinho de poemas *Mãos Vazias*. Regressado em 1967, conclui o curso, lecciona em Leiria durante dois anos. Volta a Coimbra para apresentar a sua tese de licenciatura, *O Puritanismo e a Letra Escarlate*. Foi redactor da revista Vértice, colaborador, depois do 25 de Abril, da Emissora Nacional com a rubrica "Revista da Imprensa Regional" e Leitor de Língua Inglesa da Faculdade de Ciências e Tecnologia da Universidade de Coimbra. A experiência da guerra colonial forneceu-lhe material, inicialmente integrado em *Ciclone de Setembro*, de que era uma das três partes, e autonomizado mais tarde com o título *O Braço Tatuado* (1990). Da sua obra, por diversas vezes premiada, destacamos *Raiz Comovida I* (Prémio Ricardo Malheiros), *Relação de Bordo I* – Diário ou nem tanto ou talvez muito mais (1964-1988) Grande Prémio da Literatura Biográfica da APE/CMP, *Raiz Comovida*: Trilogia Romanesca (2003), *Trasfega* – Casos e Contos

(2003), Prémio Literário Miguel Torga, *Nova Relação de Bordo* (*Relação de Bordo III*), 2004, os quatro últimos publicados na Dom Quixote; *A Tabuada do Tempo* – a lenta narrativa dos dias, (prémio literário Miguel Torga), Livraria Almedina, 2007, que, por curiosa coincidência, foi a primeira chancela do Autor quando publicou *Mãos Vazias* em 1965. Em Setembro de 2001 foi agraciado pelo Presidente da República com o grau de Comendador da Ordem do Infante Dom Henrique. Em 2005 foi homenageado pela Universidade de Coimbra pelos seus quarenta anos de vida literária, tendo sido publicado um livro, organizado pela Prof. Doutora Ana Paula Arnaut, com todas ou quase todas as críticas feitas à obra do Autor no decurso dessas quatro décadas. Em 29 de Junho de 2006 recebe a medalha de mérito do seu Concelho, o da Ribeira Grande.

Todos os textos que compõem este livrinho foram extraídos, *com ligeiras alterações, da trilogia* Relação de Bordo, *de* A Tabuada do Tempo *e de* Com Paulo Quintela à Mesa da Tertúlia. *Exceptuam-se os dois discursos inéditos e excertos de uma conferência proferida na Casa de Trás-os-Montes de Coimbra, em 26 de Maio de 1995.*

O PORQUÊ DESTE LIVRO

Os laços afectivos e literários que me enleiam à obra do poeta e escritor Miguel Torga datam de há mais de quarenta anos. Na Ilha de onde zarpei em 1960 só havia lido, e mal, dois livros de sua autoria: *Traço de União* e *Vindima*. Pensei na altura que tinha sido uma estreia muito pouco auspiciosa (mais tarde corrigi a minha impressão), não pelos livros em si, mas por culpa minha. A leitura não se me revelara tão aliciante ao ponto de me aguçar a curiosidade de ir em cata de outras obras do corpus literário do autor de *Bichos*. É que, nesse tempo, só lia Eça de Queirós, e de tal sorte me encontrava imbuído do seu estilo e da sua fina e elegante ironia, que se me tornava difícil ler outro escritor sem sentir um certo vazio no íntimo. Pelo pouco que havia lido, notara logo que o estilo de Miguel Torga era totalmente distinto do cinzelado nas obras do *pobre homem da Póvoa de Varzim* – mais enxuto, descarnado e de uma seriedade granítica. Ali não se vislumbrava pingo de ironia!

No entanto, mesmo que desejasse prosseguir na leitura do demiurgo de *A Criação do Mundo*, não o poderia fazer. Em nenhuma livraria/papelaria da cidade de

Ponta Delgada, havia qualquer obra torguiana à venda, nem tão-pouco na biblioteca do Liceu, bem apetrechada de obras de escritores portugueses do século XIX, dos quais só nos era autorizado ler alguns, por motivos morais e outras balelas... Os que adquirira de Miguel Torga encomendara-os numa "livraria" que, por sua vez, os mandara vir, à cobrança, do Continente. A demora converteu-se em cerca de três semanas de espera...

Só em Coimbra, após a guerra colonial, e já numa idade mais amadurecida, me encafuei de tal forma na obra torguiana, que ainda hoje, passados todos estes anos, continuo a frequentá-la com uma assiduidade de devoto que ainda não esfriou a sua fé. Esta paixão deve ter tido origem não só na prosa apurada com que o escritor lavra cada página de cada livro e me fascina pela simplicidade trabalhada até à placenta da palavra, mas também no facto de a ambiência espelhada nos *Contos* e sobretudo em *A Criação do Mundo* ser idêntica ou muito semelhante ao pequeno grande mundo da Ilha onde fui nado e criado.

Fui também aquele rapaz do primeiro dia de *A Criação do Mundo*. Só não embarquei para o Brasil no navio *Arlanza*, nem sofri as agruras da emigração real, embora tivesse amargado outra(s) não menos verdadeira(s). Até me reconheci em muito do léxico transmontano contido na obra! O vocabulário micaelense tinha parecenças ou as mesmas raízes do transmontano e alentejano, o que não surpreende, porque a Ilha foi povoada por gentes das províncias portuguesas e, nesse tempo, a lonjura e a falta de comunicação entre o reino e as Ilhas ou mesmo entre as províncias do Continente conservavam, como peixe em salgadeira, o português arcaico e castiço, que já quase se perdeu nas engrenagens comunicacionais desta era cada vez mais tecnológica.

A (re) leitura dos livros de Miguel Torga invade-me de uma paz rústica, genuíno oásis neste mundo barulhento, e transmuda-se num conchego caldeado de uma ansiedade mansa – Torga é uma personalidade rebelde e inquieta e reflecte-a como poucos em toda a sua vasta obra.

Um dia, falando com o Poeta no seu consultório, no Largo da Portagem, e após lhe ter contado alguns lances da minha vida, ele, que me ouvia atentamente com seus olhos pontiagudos que me atravessavam de lado a lado, saiu-se-me com esta que me deixou aterrado: "Escreva um livro do género de *A Criação do Mundo*, que pressinto que Você tem dentro de si matéria bastante para a transformar em prosa; trabalhe, só com persistência e muito suor conseguirá alguma coisa; desconfie da facilidade..."

Os vates não se enganam e, de facto, três anos mais tarde, escrevi e publiquei o primeiro volume de *Raiz Comovida*, a minha *criação do mundo*, salvaguardadas as devidas proporções com a do Mestre da prosa e da poesia que é e será sempre Miguel Torga. Soube, depois, por um amigo comum, que ele havia gostado de me ler – foi a mais importante bênção literária que alguma vez me botaram... Ia subindo ao ar como um balão!

Que teria sentido o Poeta na minha pessoa para me sugerir um empreendimento de tal responsabilidade? Alguns poetas são verdadeiros vates e Miguel Torga era-o até à medula.

Anos mais tarde, após o desaparecimento físico do Poeta, iniciei a publicação da literatura diarística, que já conta com quatro volumes, tendo dois deles obtido prémios: a *Relação de Bordo I*, o da APE /CMP da Literatura Biográfica (1999) e o último, *A Tabuada do Tempo – a lenta narrativa dos dias*, o Prémio Miguel Torga /Cidade de Coimbra (2006).

Era natural que, no registo nem sempre diário da minha conta-corrente, falasse de Miguel Torga, da sua obra, do intercâmbio que com ele mantive durante mais de um ano. Não me vou alargar em explanações porque o leitor ao ler este livro compreenderá o que ora afirmo.

Devo ao meu filho José Manuel, incansável leitor da minha obra, a ideia e iniciativa de extrair, não só dos diários mas também do livrinho *Com Paulo Quintela À Mesa da Tertúlia*, todos ou quase todos os excertos em que há referências a Miguel Torga e reunir esses passos num volume. Diz-me o meu filho que sente, por vezes, que existe um diálogo em certas entradas entre os diários de ambos. Perdoo-lhe a imodéstia pela intensidade e calor que põe em tudo quanto diz respeito à obra do Pai, que quase sabe de cor.

A Livraria Almedina, nas pessoas de Carlos Pinto e de Paula Valente, acolheram bem a ideia e vestiram-na com um corpo que ora vo-lo apresento com o mesmo receio e insegurança que me acompanham sempre que publico um livro. Com ele pretendo, à minha maneira, prestar uma modestíssima homenagem ao Poeta de *Orfeu Rebelde*, cujo 1.º centenário de nascimento ocorre no dia em que escrevo estas notas, neste ano da era de Jesus Cristo de 2007.

Cristóvão de Aguiar
Ilha do Pico, 12 de Agosto de 2007

[...] É um duro ofício, o do poeta. Começa por ser uma vocação irreprimível e acaba por ser uma penitência assumida. A fatalidade e a voluntariedade inexoravelmente conjugadas no mesmo destino carismático e aziago que só encontra sentido na fidelidade com que se cumpre [...].

Miguel Torga, in Prefácio à *Antologia Poética*.

COIMBRA, 15 DE NOVEMBRO DE 1973
Hoje conheci Miguel Torga em carne e osso. A meio da tarde, fui ao seu consultório de otorrino, no Largo da Portagem. Acompanharam-me o Álvaro Guerra, o António Campos e o António Arnaut. Ninguém estava doente. O assunto que nos levava ali era bem outro. De ordem político-cultural. Uma livraria que se há-de chamar "Encontro" e que se destina a actividades culturais e oposicionistas, cuja sede eu acabara de arrendar por cinco mil escudos mensais, na Rua Oliveira Matos, junto às escadas monumentais e à Associação Académica.

Já há muito que ansiava por este encontro. Desde que vim para esta cidade, há mais de treze anos, que o via passar na Baixa, rumo à Coimbra Editora. Foi o primeiro grande escritor que vi de perto, na rua, entre o comum dos mortais. Fiquei impressionado.

O primeiro livro que dele li, era ainda aluno do Liceu de Ponta Delgada, foi o *Traço de União*, exemplar que ainda conservo e me custou vinte e dois escudos e cinquenta centavos. Encomendei-o no *Bureau* de Turismo Terra Nostra ao senhor Silva Júnior. Para ser mais exacto, dirigi-me lá com o Viriato Madeira, que, por sua vez, pediu que lhe mandassem vir o romance

Vindima. Três semanas mais tarde, chegaram os livros do Continente. Cada um leu o seu e depois trocámos os exemplares.

Nessa altura, tanto eu como o Viriato líamos e relíamos Eça de Queirós, de maneira que nos fez bem o salto para uma literatura mais telúrica, um estilo mais enxuto, uma prosa precisa e muito pouco esparramada. Ficámos por aí em matéria de literatura torguiana. Só a partir de 1967, no regresso da guerra colonial, é que eu viria a entrar na obra de Torga. E nela ficar até hoje, encantado.

Não deixa de ser curioso o motivo por que me aproximei da obra desse grande escritor transmontano. As tertúlias que ao tempo assiduamente frequentava não se perdiam de amores pelo poeta de *Orfeu Rebelde*. Dele se dizia cobras e lagartos e contavam-se histórias em que ele saía sempre mal ferido. De tanto lhe baterem, tive vontade de lhe visitar a obra. Comecei pel'*A Criação do Mundo*. Depois foi a vez do *Diário*, e assim por diante. Deslumbrei-me. Fiquei visita íntima dos seus livros, que me não canso de reler.

Hoje conheci-o pessoalmente. Chegou ao consultório um pouco mais tarde do que a hora combinada. Pediu desculpas e justificou o atraso com o facto de a sua perdigueira ter acabado de parir cinco cachorros e ele ter ficado a assisti-la. E contou com tal vivacidade e colorido os pormenores do parto, que parecia estarmos a ouvir ler um conto inédito de *Bichos* pela boca do próprio autor…

Falou depois do Quinto Dia de *A Criação do Mundo*, anunciado há mais de trinta anos e ainda em original, que levantou da secretária apinhada para nos mostrar: "Já o reescrevi mais de trinta vezes", disse, "e ainda não está como quero, sou muito lento na escrita". Enclausurado no meu silêncio, bebia-lhe as palavras, gota a gota.

A dada altura, olha para o relógio e exclama, aflito: "O comboio já chegou e eu que me tinha esquecido de ir buscar minha Mulher, que vem de Lisboa".

Despiu a bata, disse-nos que esperássemos um pouco, enquanto ia à Estação Nova, ali a dois passos. Saiu a correr como se fosse um adolescente que acaba de cometer uma falta e quer repará-la.

Mal saiu do consultório, aproximei-me da secretária e folheei o original do Quinto Dia. Tive a mesma sensação que um dia, menino da catequese, experimentei, ao pegar no cálix das consagrações. Um dos meus companheiros chamou-me logo a atenção – ih, estás bem amanhado! – para o acto profanador que acabara de praticar, ao tocar num objecto sagrado, privilégio que pertencia aos iniciados e eleitos...

COIMBRA, 1.º DE MAIO DE 1974
Nunca vi um dilúvio de gente desta natureza em toda a minha vida. Nem a procissão do Senhor Santo Cristo dos Milagres, que é a maior de todas as que se realizam, também em Maio, na Ilha de São Miguel, se pode comparar com o que hoje assisti com as lágrimas rebentando-me de gostosura dos olhos cheios. Era um

tejo transbordando de povo correndo da Praça da República até ao Estádio Universitário, na margem esquerda do Mondego.

Miguel Torga seguia perto de mim. Procurei ler-lhe no rosto o que lhe ia na alma. Não consegui. Mas a sua presença na grandiosa procissão cívica deu ao acontecimento uma garantia de seriedade patriótica – a Poesia e a Revolução de mãos dadas pela avenida abaixo. Oxalá seja duradouro este Himeneu.

Até o meu filho mais velho, o José Manuel, que tem pouco mais de sete anos, teve hoje o seu primeiro acto de emancipação doméstica – perdeu-se por entre a multidão e só regressou a casa ao princípio da noite! Vi-o todo contente, porque, segundo declarou, sumiu-se de propósito, porque conhecia as ruas que o podiam conduzir de regresso a casa. Quis também saborear o seu quinhão de liberdade.

Ajuizando pela multidão que seguia no cortejo de Coimbra e em todos os outros que vi, à noite, pela televisão, deu-me a ideia de que toda a gente deste País estava ansiando pela democracia. Não serão democratas a mais numa nação tão pequena? Já é tempo de começar a desconfiar de tanta fartura.

COIMBRA, I DE JUNHO DE 1974
O Pavilhão Desportivo de Santo António dos Olivais foi pequeno de mais para acolher o abismo de povo que acorreu ao primeiro comício do Partido Socialista em Coimbra, presidido pelo Poeta Miguel Torga.

Não sendo ele filiado, presidia àquela reunião na simples qualidade de "homem socialista que sempre fui", como afirmou logo no início da sua intervenção. Intervieram, entre outros, Paulo Quintela e Mário Soares, que andarilha por essa Europa fora e por este mundo de Cristo, como embaixador itinerante. Procura da parte dos governos dos diversos países o reconhecimento da nossa Revolução.

Desde que regressou do exílio, não pára um instante, a sua vida tem sido andar sobre brasas, numa verdadeira roda-viva. Por esta razão, o político há pouco empossado no cargo de Ministro dos Negócios Estrangeiros português chegou atrasado ao comício. Quando irrompeu pelo pavilhão dentro, estava Miguel Torga no uso da palavra. Ficou visivelmente incomodado, notava-se-lhe pela cara de quase pânico, devido à berraria que de repente atroou todo o recinto…

No final não me escondeu o seu profundo desagrado e até desabafou comigo, dizendo que Mário Soares poderia ter esperado um pouco mais, cá fora, até ele concluir a leitura do seu discurso. Mas não. Quis testar a sua popularidade. E conseguiu-o, porque mal entrou toda a gente se pôs aos gritos, clamando pelo seu nome e ovacionando-o.

A partir daí, Miguel Torga perdeu o pé. Acabado o comício, o Poeta ia distribuindo, a quem quisesse, fotocópias do seu discurso, uma bonita página de prosa poética, imprópria para ocasiões escaldantes como aquela que se vivia dentro do amplo pavilhão desportivo: "Homem mais sensível a uma ética do que a uma ideologia, mais espontaneamente fraterno do que disciplinarmente correligionário, mais atento ao imperativo dinâmico de vozes remotas do que ao momentâneo encantamento dos ecos doutrinários", disse a seu respeito a dado passo da sua intervenção.

Quanto a Paulo Quintela, com a sua voz firme de homem de teatro, falou bem e quanto a mim trouxe uma novidade: invectivou o General Spínola para que acabasse com a guerra nas colónias. É que dá a ideia de que ainda estamos com medo de falar sobre este verdadeiro fantasma que nos tem vindo acompanhando há mais de uma dúzia de anos.

COIMBRA, 1.º DE MAIO DE 1975
Já não foi tão bonito este ano. Ao rio de povo que no ano passado desceu, inteiriço, a Avenida Sá da Bandeira, em direcção ao estádio universitário, nasceram agora afluentes que o vieram exaurir e ramificar. Começam-se a cavar cada vez mais fundas as divisões entre os Portugueses. Uma tristeza. Miguel Torga já não esteve presente. Seguiu para São Martinho de Anta. Paulo Quintela veio à Praça da República apenas para assinar o ponto, como me disse, e voltou para casa. Cá por mim, ainda me meti no cortejo, mas já sem aquela exaltação pioneira do ano passado.

No Estádio Universitário, ia havendo confrontos entre grupos que tinham por obrigação estar do mesmo lado. Uma pena. O meu filho Artur João, a caminho dos sete anitos, quis, à semelhança do irmão mais velho, perder-se na multidão, a ver se ganhava a sua carta de alforria. Ganhou-a! Foi talvez a minha única nota excessiva neste segundo 1.º de Maio tão chocho e que se queria mais vibrante e entusiástico!

COIMBRA, 14 DE MAIO DE 1975
De longada até Trás-os-Montes, na companhia de Miguel Torga. Conduz o Padre Valentim. Dia esplendoroso. O próprio trajecto, à margem de qualquer roteiro turístico, naturalmente epidérmico e leviano, constituiu por si só uma lição magistral de humana e lírica geografia das mais belas, se não a mais bela, a que me foi dado assistir. Poderá Miguel Torga ser, como tem vezes sem conta desabafado nos seus diários, tartamudo e gago no acto da criação. Porém, o fruto da sua persistência e tenacidade, quase sem limites — à sobreposse, como gosta de dizer —, explode em pureza de riacho de diáfanas e concisas águas, precipitando-se da montanha em sílabas de uma luz coada de tal naturalidade, que compartilha da mágica melodia de um verso como se a própria luz à sua casa retornasse; ou esparrama-se, por outro lado, sobre uma suada página de prosa sem as pindéricas pelancas que descaem flácidas das frases frívolas...

Mas a falar, sobretudo quando, no seu reino maravilhoso, deixa que se lhe abram as fontes do coração, transforma-se então num mago do verbo! E quem o escutava, como eu, nessa peregrinação, sentia-se pequenino e talvez por isso eu tivesse levitado nas asas que me emprestou. Acompanhei-o na romagem aos seus locais míticos: a Panoias (ruínas de um templo onde se sacrificavam reses a divindades pré-históricas); a São Leonardo de Galafura (*À proa de um navio de penedos·..., S. Leonardo vai sulcando / As ondas da eternidade, / Sem pressa de chegar ao seu destino.*); a São Martinho de Anta, o seu *lugar de onde*, com a velha escola do senhor Botelho e o mourão de pedra onde se tocava a sineta para a aula: *tem lêndeas, tem lêndeas, tem lêndeas*; à loja das Pintas, aonde, quando aluno da quarta classe, já chegava esbragalado: a fralda de fora e os suspensórios tortos, tendo as santas criaturas, para que lhes não pusesse os seus créditos de costureiras pelas ruas da amargura, de lhe endireitar a cruz dos suspensórios e de lhe pôr a fralda para dentro das calças; à Senhora da Azinheira, onde, num domingo de festa eucarística, fez uma prédica aos seus companheiros de comunhão e onde, muitos anos mais tarde, foi celebrada missa de acção de graças pela sua formatura em Medicina, a que assistiu como um vendido: o trabalho fora dele e não da santa que agora recebia os louros, mas não quis desgostar os Pais; à casa paterna, há tempos modificada sob a direcção de sua Mulher, com o seu pátio florido de rododendros, outrora eira, em que se secava e coanhava o cereal e onde à mãe, no dia 12 de Agosto de 1907, estando a mourejar, rebentou o saco das águas, correndo numa carreira para casa a fim de parir o filho: *Sim! Sou eu, o R-7, / Que fez o seu jura-*

mento / No dia doze de Agosto. ... Depois, / Sem dó nem piedade a vida começou. / Minha Mãe, a tremer, analisou--me o sexo / E, ao ver que eu era homem, / Corou [...].

Vi também a lareira da sala em frente da qual se senta o Poeta, no Inverno, pensando e escrevendo e evocando os seus manes, construída com as próprias pedras do forno onde sua mãe cozia o pão; fui apresentado ao Negrilho, esse "mestre da inquietação serena", que tem o seu púlpito no Largo do Eirô: *Na terra onde nasci há um só poeta. / Os meus versos são folhas dos seus ramos...*

Ainda vislumbrei, ao longe, os montes de São Domingos, os mesmos que o *Nero*, o imortal cão de *Bichos*, palmilhara na juventude, farejando perdizes e trazendo-as depois de mortas à mão do dono; e quando à hora da sua morte, "debaixo da figueira de figos lampos, via esses longínquos montes pela última vez, que pareciam ter já saudades das suas patas seguras e delicadas, quando o cheiro da última perdiz se esvaiu dentro de si, quando o galo cantou a anunciar a manhã que vinha perto, quando a imagem do filho se lhe varreu do juízo, fechou duma vez os olhos e morreu..."

Depois de tudo isto, não sei se cansado se em estado letárgico, cheguei à noite a Coimbra, todo em carne viva por dentro – tive a sensação de ter vivido, ao natural, algumas das mais belas páginas do primeiro dia de *A Criação do Mundo...*

COIMBRA, 2 DE JANEIRO DE 1977
Acordou o dia com um arremesso de sol num céu de clareiras aniladas. Mas foi de pouca dura. De repente, pegou de chuviscar e ainda continua [...] Cheguei a casa e meti-me no escritório. Antes de me entregar à escrita ou de arranjar coragem para a principiar, li um texto sobre Eça de Queirós, que Miguel Torga acaba de publicar no livrinho *Fogo Preso*. Vai contra as ideias feitas que existem sobre o *pobre homem da Póvoa de Varzim*. Torga desmistifica-o à sua maneira de escritor telúrico, escrevendo, entre muitas outras coisas duras, que o cenário de *A Cidade e as Serras* é de puro papelão [...]

COIMBRA, 9 DE JANEIRO DE 1977
Joaquim Namorado continua, e muito bem, a insistir na organização da rapaziada de esquerda e a criticar o facilitismo que a invade, quando, à mesa do café, resolve de uma penada os problemas políticos do País. Desde que o conheço, e já lá vão uma boa dúzia de anos, sempre lhe ouvi bater nas teclas da organização e do trabalho. Disse ele hoje, referindo-se ao trabalho do escritor: "Só é digno desse nome aquele que escreve todos os dias, nem que seja meia dúzia de linhas." Ele, por exemplo, não se considera como tal. Sobre Mário de Sacramento escreveu um dia que era sobretudo um agulheiro de destinos. Mas, a respeito de Luís Albuquerque, Joaquim Namorado cita-o como exemplo de escritor que trabalha diariamente, tendo, neste momento, entre muitos outros escritos, oito volumes

dactilografados de um diário que foi escrevendo ao longo dos anos. O mesmo acontece com Miguel Torga, um dos maiores exemplos, juntamente com Agustina, Camilo e Aquilino, de uma pertinácia na escrita de que não há paralelo nas letras pátrias [...].

COIMBRA, 10 DE JANEIRO DE 1977
À mesa da tertúlia, logo após o almoço, Paulo Quintela contou um episódio interessante sobre um prémio literário. Nos finais dos anos quarenta, em 1948 ou 1949, Miguel Torga recebeu o prémio de poesia Almeida Garrett do Ateneu Comercial do Porto.

Pertenciam ao júri Paulo Quintela, Vitorino Nemésio e Gaspar Simões. A reunião final realizou-se em casa de Quintela, sita ao tempo na Estrada da Beira, numa casa apalaçada, com quinta, que ainda lá está. Após várias discussões a quem atribuir o galardão e as menções honrosas, calhou ser atribuído o primeiro prémio (meia dúzia de contos de réis) a Miguel Torga, pelo livro de poemas *Penas do Purgatório*.

No dia da entrega do prémio, no Porto, Torga foi chamado à mesa de honra, tendo-lhe sido entregue um envelope com o dinheiro. Num gesto que ao princípio ninguém entendeu, o poeta recusou o prémio. Depois explicou que aquele dinheiro ficaria para ajuda da publicação dos livros das obras que haviam obtido menções honrosas.

As suas palavras foram sublinhadas com uma prolongada salva de palmas. Iniciou-se um pequeno sarau literário com leitura de poemas do livro vencedor, a cargo de Paulo Quintela e dos que obtiveram menções honrosas, a cargo de Miguel Torga. No final do sarau, uma amiga comum de ambos veio felicitá-los, dizendo a Torga: "Você é mesmo bom é a fazer poemas; quanto a lê-los, Paulo Quintela suplanta-o…" Resposta pronta do poeta: "Não se esqueça de que ele leu os *meus* poemas.

COIMBRA, 2 DE FEVEREIRO DE 1977
Há certas e determinadas pessoas que abusam da minha complacência. Ou sou eu que dou azo a isso? Há pouco: "Tens de me traduzir este artigo sem falta para amanhã". E eu, que nunca tenho coragem para dizer que não, lá vim trabalhar até horas pequenas para satisfazer a exigência do amigo. Tenho de deixar de rosnar por dentro e dizer não quando for preciso.

Hoje Paulo Quintela, citando Miguel Torga do *Diário I*, que se referia, nesse passo, ao seu amigo de então, recitou-mo, enquanto o levava à Baixa: "Que belo é ter um amigo! Ontem eram ideias contra ideias. Hoje é este fraterno abraço a afirmar que acima das ideias estão os homens. Um sol tépido a iluminar a paisagem de paz onde esse abraço se deu, forte e repousante. Que belo e natural é ter um amigo"! Verdade como um soco na boca do estômago!

BRISTOL, 27 DE JULHO DE 1979
[…] Na carta que acabei de lhe escrever [a Paulo Quintela] contei-lhe então as minhas venturas e des-

venturas por estas terras do Tio Sam e disse-lhe como, numa noite calorenta e insuportável deste Verão húmido e pesado da Nova Inglaterra, descobri por mero acaso um refrigério eficaz: reli pela enésima vez e de um só fôlego os *Novos Contos da Montanha*, de Miguel Torga. Encontrei o livro na estante de meu irmão Francisco. Tão bem me soube aquele transmontano ar fresco, quase gélido, que das suas páginas se ia acendendo, que até a ventoinha, que está sempre ligada, se envergonhou do seu triste e mal representado papel...

COIMBRA, 28 DE FEVEREIRO DE 1984
[...] Hoje o Carlos Reis, Professor de Literatura da Faculdade de Letras, transmitiu-me uma grande notícia. Deu e sobejou para me preencher as longas horas lacunares do dia. Disse-me que Miguel Torga havia apreciado o primeiro volume de *Raiz Comovida*. Só lera esse. Achara nele uma grande autenticidade, mas que daí em diante era preciso reinventar outro tipo de escrita...

Miguel Torga é o meu escritor preferido. Bem que merecia o Prémio Nobel da Literatura. Descobri-o há cerca de dezassete anos. A maneira como se deu esse encontro do leitor com a obra merece ser aqui referido. Nesse tempo, era eu um assíduo frequentador da Brasileira, onde me encontrava diariamente com a nata do neo-realismo português. Tanto mal ouvi falar de Torga nessa tertúlia, que me não contive em ir ver como era o *bicho*... Fui e nunca mais o larguei. Leio-lhe a obra de enfiada ao menos uma vez por ano, como se de uma desobriga se tratasse. Tenho aprendido muito com os seus livros e é natural que a minha escrita tenha sido grandemente influenciada pela sua, que é inimitável. Nunca me aborreci. Todas as vezes que saio do mergulho venho mais rico e mais são.

Abençoada tertúlia da Brasileira que, sem querer, me fez descobrir e amar um grande escritor. É que perante a monumentalidade da obra torguiana só se podem tomar duas atitudes: ou admirá-la pela sua limpidez de escrita ou apedrejá-la de ressentimento. As pessoas que lhe atiram pedras, atiram-nas apenas ao homem, que cobrem de defeitos sem fim. Depois ficam os campos confundidos: o literário e o humano. Mas quem não tem defeitos? Venha o primeiro, escritor ou não, que lhe atire a primeira pedra.

O melhor do dia foi eu ter sido informado pelo meu amigo Carlos Reis que Torga gostara de me ler. Fiquei com a sensação de ter recebido a bênção de um deus...

COIMBRA, 28 DE MAIO DE 1984

[...] Garante-me o meu velho Mestre [Paulo Quintela], íntimo de Nemésio, que este escrevia com a mesma naturalidade com que mijava. O próprio Miguel Torga se lhe refere em um dos seus livros de *A Criação do Mundo*.

Tendo Torga um dia ido visitá-lo a Bruxelas, onde então Nemésio leccionava, ficou de tal maneira surpreendido com a facilidade de escrita do seu amigo que não deixou de mencionar este caso insólito: "Ao cabo de algumas horas de comboio, fui encontrá-lo confortavelmente instalado num quarto burguês, a matraquear à máquina um ensaio sobre Valery. Depois das primeiras efusões, com medo de o interromper, fiquei calado. – Vai dizendo, que isto tem de seguir hoje... – Acaba lá primeiro. – Ainda demora. Conta, conta... – Pasmado, assisti então ao fenómeno de o ver a conversar e a escrever ao mesmo tempo. A mais perra gaguez literária tinha diante dos olhos a fluência personificada."

COIMBRA, 10 DE MARÇO DE 1987
[...] Entro neste momento no cemitério – o jazigo de família é logo mais abaixo. A cova já se encontra escancarada. Antes de ser dado o corpo à terra, ouve-se o discurso. Às primeiras palavras, já me encontro longe. Não é por mal, mas preciso de me aconchegar ao brasido da lembrança. E regresso a sexta-feira anterior (hoje é terça), último dia em que visitei Paulo Quintela. Não o achara diferente dos demais dias. Falei-lhe longamente do último *Diário* de Miguel Torga, espécie de post--scriptum escrito em plena graça de lucidez. De tal modo lancinante, que é o próprio escritor que, em nota de 2 de Janeiro de 1987, refere: "Um passo a mais neste caminho de lucidez impiedosa, e fico sem pé na vida".

À despedida, pediu-me para que me não esquecesse de lhe levar o livro na próxima sexta-feira. Não me esquecerei. Soube depois que Paulo Quintela esteve em frente do televisor até às quatro da manhã, na noite de sábado para domingo, convencido de que o programa, "Eu, Miguel Torga", fosse transmitido naquela noite. Só quando um familiar o persuadiu, pelo telefone, de que o referido programa só seria transmitido no domingo, é que foi para a cama.

Ao outro dia, à hora aprazada, lá estava Paulo Quintela, sentado na sua poltrona, a ver o programa. Quando terminou, recolheu-se. Nunca mais havia de acordar. Não sei por que razão, gostei que ele tivesse levado consigo, como viático cultural, para a sua última viagem, a autenticidade telúrica de Miguel Torga. Ambos transmontanos e homens de cultura, cada qual à sua maneira, constituem dois importantes referentes da minha vida.

Sinto um baque surdo. Desperto. É a primeira pazada de terra por riba do caixão. Volto as costas. Até sexta-feira. Não, não me esqueço de levar-lhe o último *Diário*, de Miguel Torga!

COIMBRA, 16 DE FEVEREIRO DE 1988
Acabo de receber e de responder a uma simpática cartinha de um grupo de alunos de uma Escola Preparatória da região de Coimbra, na qual me pedem algumas linhas sobre como se pode aprender a escrever. A candura de tal pergunta é por demais evidente e natural, por isso senti grande prazer em responder a essas crianças para quem um escritor talvez seja um ser de outro mundo, e é-o mesmo, não na fisiologia, mas

em outra, interior, mais complicada e que nem o próprio por vezes consegue decifrar. Aí vai então o que rabisquei: "O saber escrever aprende-se como qualquer ofício: desde que se tenha vocação, paciência e muita leitura sobretudo dos bons escritores da nossa língua – Eça, Camilo, Júlio Dinis, Almeida Garrett, Aquilino Ribeiro, Miguel Torga, Vergílio Ferreira, Vitorino Nemésio, só para citar alguns consagrados dos séculos XIX e XX, porque há anteriores, talvez ainda um pouco pesados para a vossa idade. É mergulhando na leitura dos grandes autores que um candidato a escritor poderá esfregulhar o que tem dentro de si, se sente necessidade de dizer qualquer coisa – e este-ter-que-dizer é essencial, o qual, por vezes, aguarda tão-só um maduro sol de colheita para irromper da terra do íntimo. Não vale a pena forçar o que não pode ser contrafeito, nem sequer se pode dar saltos na esperança de ultrapassar algumas fases menos agradáveis. Não é forçando o Outono que ele se carrega de frutos. Ele só fica prenhe deles devido ao esforço que despendeu nas estações antecedentes: preparar a terra, adubá-la, semeando-a e assim. O mesmo poderá acontecer na leitura porfiada e atenta, uma das chaves-mestras (ele há inúmeras), que poderá abrir as desvairadas portas que aportam à escrita. O resto vem por acréscimo: intenso suor e desilusão nos intervalos...

PONTA DELGADA, 10 DE JUNHO DE 1989
Entrega a Miguel Torga do 1.º Prémio Camões, no

Teatro Micaelense. O seu discurso de agradecimento deixou-me lágrimas nos olhos. Como se pode ser tão Poeta? À hora do telejornal fui entrevistado na televisão pelo José Eduardo Moniz. Tremia que nem varas verdes. E, para cúmulo, num telejornal transmitido em directo para todo o País...

COIMBRA, 30 DE JULHO DE 1989
Tem a idade do século, faz hoje anos e continua irreverente, conspirativo e maçónico como sempre. Apresento-vo-lo: é o Doutor Fernando Vale, natural de Coja e médico em Arganil há mais de cinquenta anos. Aí exerceu clínica para empobrecer. Ontem, sábado, foi-lhe prestada uma homenagem nacional. Estiveram presentes o Presidente da República, Mário Soares, o Secretário-Geral do Partido Socialista, Jorge Sampaio, muitas outras individualidades e autoridades concelhias e distritais. Também fui. Tenho grande respeito e admiração por este homem de estatura meã, boina basca e de laço em vez de gravata, preso pela PIDE e julgado em plenário, fundador do PS na clandestinidade, amigo íntimo de Miguel Torga, que foi quem me deu a conhecer essa figura de homem inteiro.

Nos Paços da Câmara Municipal de Arganil, Miguel Torga disse: "Matusalém sem idade, teve tempo para ser no mundo a imagem paradigmática do jovem irreverente, do bom chefe de família, do amigo leal, do médico devotado, do político isento, do governante capaz, do cidadão exemplar [....]. Nenhuma prepotência o vergou e desviou do recto caminho cívico da tolerância, justiça e da liberdade", pelo que "constitui a encarnação condensada do português de antanho que em cada terra era um símbolo".

Já muito antes, no Sexto Dia de *A Criação do Mundo*, dele fizera uma das personagens do livro, com o nome fictício de Vilela: "O Dr. Vilela era a figura mais respeitada da região. Herdeiro dum nome honrado por várias gerações de médicos e magistrados, como que encarnava toda uma tradição de natural dignidade. Conterrâneo e companheiro do Gonçalo [Martins de Carvalho] na Universidade, derivava dessa circunstância o nosso conhecimento. Creio que a princípio embirrava comigo, talvez porque não entendesse os meus versos de então. Com o decorrer do tempo, porém, tudo mudou. Agora lia com agrado o que eu publicava, colaborávamos profissionalmente, franqueava-me a casa e ia-se firmando entre nós uma amizade sólida. Democrata combativo, fora por isso, à boa maneira do Estado Novo, demitido de subdelegado de saúde. Mas a repressão não passou daí. Rendido à sua humanidade, a multidão dos que tratava desinteressadamente em todo o concelho, numa manifestação espontânea, forçara o governo a mantê-lo à frente do hospital. E nele continuava a dar dia e noite aos outros o melhor de si" [...].

COIMBRA, 6 DE OUTUBRO DE 1989
Cá na minha matriz afectiva, esta data é sempre assi-

nalada... E como recordação ofereci-lhe *A Criação do Mundo*, de Miguel Torga, na edição em um só volume que acaba de sair. Na primeira página, em branco, escrevi o que se segue, em tom torguiano: *Minha nau de Outubro /Em gávea de Julho avistada. /Em ti naveguei /E navego/Sem sextante, sem bússola, nem nada, / Mas navego /De velas pandas. / Nela descobri e descubro /Rotas novas que não sei / – Não o nego – /A que bandas / Me hão-de levar.../Só sei que não paro/Nem vou desfalecer/Em nenhum mar /De palha.../ Será o vento o meu amparo/De encontro à quilha de querer/E em teu corpo que me agasalha /Espero ainda renascer...*

COIMBRA, 25 DE MAIO DE 1990

[...] Principiou a falar-se de cultura musical açoriana e a praticar-se, na Coimbra dos finais dos anos cinquenta, mas sobretudo na cidade efervescente dos anos sessenta, não como uma coisa estranha, regionalista, exótica, ou pitoresca no mau e estreito sentido da palavra, mas como uma questão viva e válida, estuante de emoção e de sentimento, que não brigava no mínimo com a cultura que um dia lhe fora matriz. Pelo contrário! A universalidade da arte é isto mesmo. Quanto mais regional mais universal, ou, para dizer com a mestria de Miguel Torga: *O universal é o local sem paredes*.

Mas, atenção, porque desta forma simples poder-se--á cometer num erro muito comum – considerar-se o regionalismo como panaceia para a cultura em todos os seus matizes. Não gostava de escalonar o regionalismo em diversos degraus que descessem do bom até ao mau, passando pelo medíocre... [...]. Como em tudo, [...] as coisas devem ser bem-feitas. Se assim acontece, não há regionalismo nem universalismo – ambos fundem-se num só ente, como no mistério da Santíssima Trindade. Ao invés, quando o fogo sai frouxo da matriz, então sim, poderemos distinguir entre o pitoresco, feito para turista apreciar e bater a sua chapa recordativa, e o genuíno e original [...]. Todos nós sabemos, uns mais do que outros, que a cultura caiu na vida. Tantos maus tratos tem sofrido que, não fora o seu hímen tão complacente, e não a reconheceríamos de tanta estragação. [...]. Se tomarmos a palavra, e o conceito que ela alberga, na acepção de um bem espiritual que foi adquirido (como é o caso da cultura açoriana, que embarcou com as caravelas [...] onde tomou características próprias no novo habitat, mas não tão desligada da fonte que lhe deu origem que tivesse havido ruptura de entendimento – teremos de concluir que a cultura açoriana é das mais ricas e mais vivas do todo nacional [...].

Como muito bem notou Nemésio: "A geografia, para nós, vale tanto como a história, e não é debalde que as nossas recordações escritas inserem uns cinquenta por cento de relatos de sismos e enchentes. Como as sereias temos uma dupla natureza: somos de carne e pedra. Os nossos ossos mergulham no mar".

De facto, cada ilhéu dos Açores, residente ou não, além do mar, traz dentro de si um sismo sempre pronto a eclodir-se; treme-lhe o chão debaixo dos pés, descalços ou calçados, e esta verdade limita-lhe e amplia-lhe o horizonte das coisas e das gentes. Em obediência ao seu destino insularizado, tornou-se o Açoriano cidadão do mundo. E é vê-lo agenciar a vida em qualquer continente, porque o mundo infinito da sua Ilha lhe aguçou a fome de mais infinito. É por esta e outras razões que ele fez render os talentos que recebeu da mãe--pátria, quando ela um dia foi de caravela em punho ao encontro de mais sonho com Ilhas dentro [...].

Porém, a responsabilidade é grande. E tanto mais acrescida quando um escritor da magnitude de um Miguel Torga escreve no seu último *Diário*, publicado em Março deste ano, em nota datada de Ponta Delgada do dia 9 de Junho do ano passado: "Açores, novamente. E o mesmo fascínio da primeira vez. Portugal que nenhum tempo desfigurou por fora e por dentro, pátria insular de nove corações, sinto, no seu regaço, a paz arcaica que me vai faltando na continental. E agradeço ao destino que a hora solene que vou viver amanhã, de prestação de contas à comunidade de todos os meus passos de poeta ao longo da vida, seja aqui. Aqui, onde permanecemos iguais ao que medularmente somos".

Escrito por quem é, esta é confissão uma bênção e um desafio lançado ao brio de todos nós. A insularidade, e também a interioridade, além dos malefícios por demais conhecidos, trouxe também esta grande benfeitoria – a de uma pátria se rever e recordar, quem adivinha com que saudade, numa das suas parcelas mais puras. Como se uma mãe já desgastada pelas vicissitudes das andanças da vida, parasse um dia e se sentasse num mainel da história para reflectir. E ao inventariar as rugas diante da filha, servindo-lhe agora de espelho, lhe dissesse: "Afinal, aqui estou eu, minha filha, com as mesmas originais feições e prendas que tinha antes de te parir e de me desencontrar pelo mundo que fui achando e perdendo..."

COIMBRA, 12 DE AGOSTO DE 1990
Um domingo de Agosto na sua verdadeira e fastidiosa dimensão. Nem sequer lhe faltou uma daquelas dores de cabeça rezingonas, bem batidinha nas têmporas, como o mar da costa norte da Ilha. Andei toda a manhã arrumando livros nas estantes. Livros enfarruscados do incêndio do 1.º de Abril. À medida que a tarde se ia destecendo ao encontro à noite, apertava-se-me o coração. Sentia o Outono, sorrateiro, e já com a sua sombra malfazeja, a inundar-me, inaugurando-se cá por dentro em pleno Verão. Bem o conheço. E vai daí pensei: "Logo à noite já te tramo; recomeço o tratamento sazonal e corto-te as voltas"... Acabei o dia mais esperançado. Até me lembrei de ir ler uns textos e todos os versos do *Diário XV*, de Miguel Torga, que hoje completa oitenta e três anos de idade, livro que já li e reli várias vezes e que um dia recitei em voz alta durante duas horas sonâmbulas de espanto e lirismo.

BRISTOL, 9 DE JULHO DE 1991

Sentei-me à secretária sem ter trazido comigo nenhumas palavras disponíveis. Gago e tartamudo na desertificada solidão de mim, gostava que o bico da esferográfica dançasse de repente, sobre a nudez deste papel, e coreografasse os passes ritmados de um enlouquecido bailado que me redemoinha no sangue. Acabei de ler pela enésima vez um *Diário* de Miguel Torga, o *XII*, que encontrei na estante. E quando assim acontece... Havia tido um sono meio atormentado devido ao calor húmido desta Nova Inglaterra. Estivera de conversa com minha Mãe até à meia-noite, hora muito tardia nestas paragens, onde o trabalho é o grande deus que se transformou em relógio despertador... Falámos das mágoas passadas e presentes, sobretudo sobre a cova de ausência que se abriu com a repentina morte de meu Pai. Continua a encher toda a casa de ausência...

BRISTOL, 16 DE MARÇO DE 1993

Natália Correia morreu esta manhã. A RTP Internacional acaba de dar a notícia. Complicações cardíacas sobrevindas, se bem entendi, de um enfisema pulmonar. Não consigo chorar. Nem devo. Soariam as lágrimas a um cântico em meu louvor, escoando-se-me dos olhos grudados ao ecrã fumegando de muito espanto ainda. Miguel Torga esgueirou-se pelos campos fora, mal leu a notícia da morte de Fernando Pessoa, e foi chorá-la em convívio com os pinheiros. Tenho diante dos olhos uma imensa paisagem de neve caída sem alma e com muita altura. Inimiga da exaltada contextura magmática que fervilha nas veias da Ilha que me pariu e me deixou um coágulo que se transformará em trombo como coube em sorte a Natália. Apetece-me zarpar. Faço-o em segredo. Interno-me ou entorno-me ao longo de atalhos de bagacina cor de sangue. Levo-me com Ela à ilharga. Gosto de sentir-lhe o braço, se no meu encosta o lado do coração. Serve-me de cicerone. Não me canso de a ouvir deslindar os nomes das flores que persistem em perfumar-lhe a memória. Pouco importa que o limão aceso na meia-noite ilhada, o relógio da torre da Matriz, ponha o ponteiro na hora atraiçoada da Ilha que me deram e eu não quis. Vais comigo e é quanto me basta. Só regressaremos de madrugada. A escrita é esta aventura sem tempo. Natália vai acrescentar-se no ventre da poesia parida de suas entranhas de Poeta...

NOVA IORQUE, 12 DE AGOSTO DE 1993

[...] Da primeira vez que vim a Nova Iorque, levei um dia inteiro a percorrer a 5.ª Avenida. Subi ao *Empire State Building* e vi a cidade a meus pés. Vejo-a agora de mais longe, enquadrada na floresta quase virgem de prédios altíssimos, entre os quais sobressai o *World Trade Center*, onde há meses rebentou uma bomba. Estou com Miguel Torga. Sobre as ruínas da Citânia de Briteiros, em pleno Minho, escreveu um dia num dos seus *Diários*: "Se um dia fica de Nova Iorque uma coisa semelhante a isto, com a mesma poesia e o mesmo mistério, então acredito que vale a pena construir arranha-céus".

Dou razão ao poeta de Trás-os-Montes, que hoje completa oitenta e seis anos de idade. Penso que a beleza desta cidade só poderá ser póstuma. Quando dela não restar pedra sobre pedra. Volto-lhe as costas e retiro-me com a incómoda sensação de levar um pedregulho entalado nas emoções desencontradas. [...]

COIMBRA, 29 DE NOVEMBRO DE 1993
[...] Tenho lido devagarinho. Gosto de degustar, como se faz a um vinho fino. Descontando algumas páginas refugadas, estou contente por me estar agradando a leitura do diário. A Ilha ressuma de cada linha. A serra de Água de Pau tem estatuto de personagem. O mar também. Depois, a escrita é escorreita. Simples e muito atraente. Exprime com fidelidade o pensamento e o sentir do autor. Evoca muito bem o passado, por associação de sentimentos e de ideias. A infância desempenha papel importante nessas viagens retrospectivas. Não, não se pense que mudei de opinião. Aconteceu que fiquei irritado com o prefácio. O livro não precisava de prelúdio. Miguel Torga espreita por trás de muitas páginas. Embora... O autor não esconde a sua admiração por ele. Cita-o muitas vezes. Ao contrário do autor do preâmbulo, que mostra claramente que dele não gosta. Está no seu direito e eu no meu de lhe aborrecer os dislates...

COIMBRA, 15 DE DEZEMBRO DE 1993
O Natal deve andar muito contente com tanto frio à solta. Cada um se defende dele como pode. Eu que o diga. Esta noite... Depois de ter saído da Faculdade, fui até à Praça da República. Cerca das sete e meia. Nem vontade tinha de comer e não jantei. Precisava espairecer e oxigenar o peito. O melhor oxigénio é a ternura... Ao passar junto da livraria Finisterra, fechada àquela hora, ouço uma voz a chamar-me. Tive sorte. Era o António Alferes. Ainda há pessoas com quem vale a pena repartir a amizade. Toda a tarde esperara por mim, mas eu não tinha comparecido. Recebera o último diário de Miguel Torga, o 16.º volume, ainda quentinho das máquinas da Gráfica de Coimbra. Ele sabe da minha devoção torguiana, por isso esperou por mim. Entregou-me o livro, o primeiro que lhe saiu da livraria. Desde que abriu o estabelecimento em 1979, assim tem sido sempre. De volume na mão, fiquei logo defendido de todos os frios que me pudessem assediar durante o resto da noite ainda tão extensa. São tão frias e compridas as noites sem ti. Nem de comida me lembrei mais. Meti-me no automóvel e rumei a casa, a cabeça fervendo-me de entusiasmo futuro. Tive de abrir as folhas ao livro com uma faca de cortar papel. À moda antiga. Faz bem esta operação preliminar. Torga merece que se lhe entre assim na obra. Devagar. Com todas as glândulas da alma a salivar alvoroço. Seguiu-se a entrega. Durante não sei quantas horas de passagem

tão leve percorri cada letra daquele itinerário íntimo e secreto. Cheguei ao fim triste e mais comovido ainda. Seria possível? Como é possível, meu Deus? Lucidez e rebeldia tamanhas, amor e ilusão, autenticidade e desassombro, perseverança e teimosia de viver em plenitude os minutos finais da vida! Um condenado à morte que o sabe como ninguém e continua quinhoando esperança com os outros! Sai uma pessoa deste *Diário* de Miguel Torga com um exacerbado amor à vida. Só um Poeta de grande estatura humana o poderia ter escrito. E anda uma criatura cá por baixo a cuidar que sofre...

COIMBRA, 26 DE JANEIRO DE 1994
Faz anos que meu Pai abalou. Desembarcou num reino onde o tempo se não conta nem codilha ninguém... O que conta e me intriga é o destino... O desfecho do meu romance inédito e do outro que reescrevi. Tenho de dar um rumo à vida literária. Ando há anos em travessia de deserto.

Decidi concorrer ao prémio Miguel Torga. Negativo que assim pense... Já não tenho idade!

Acordei às sete e meia, sem prémio e sem espaço anímico para ele. Despertei descansado e fresco. O empecilho em adormecer deve-se a um velho contencioso com a Lua. Dentro de dois dias fica prenhe e pronta para parir o minguante.

Que vale a minha dor comparada com a do carvalho do cimo da Avenida da Liberdade? Derrubaram-no um destes dias. Árvore brincalhona que anunciava a Primavera antes das outras...

COIMBRA, 7 DE FEVEREIRO DE 1994

O comboio faz sempre os possíveis por não interferir na sequência dos pensamentos ou da leitura. É-lhe devida uma sobretaxa de alta velocidade para proceder assim... Por vezes, prevarica. Faz-se sentir em excesso com o seu peso bruto de ferragens e desliza sobre os carris quase por favor... O tempo pegajoso desce pelo corpo. A Ilha gosta de vir ter comigo pelo seu próprio pé. Ontem e anteontem apresentou-se-me de forma mais elegante e delicada através das páginas do diário de Fernando Aires. Hoje tem-se-me abeirado de feição maçadora: descendo às cavalitas desta chuvinha irritante que se alastra em tinta sobre o mata-borrão da mente. Se não tivesse aulas... Apreciaria com mais alma a paisagem, enegrecida e molhada, que descortino pela janela. Um feriado interior! Preenchia-o todo. Continuava a ler prosa íntima, nem sempre excelentemente espelhada na literatura diarística. Em muitos desses feriados que por vezes me ofereço, gosto de revisitar os diários de Miguel Torga, de Manuel Laranjeira, de Luísa Dacosta...Ora, aqui está uma excelente sugestão: a releitura da diarística torguiana, após terminada a segunda leitura do livro de Fernando Aires. Delicia--te a besuntar-te de Ilha... Pratico este exercício por necessidade. Gosto de me manter de cordão umbilical bem regado...

COIMBRA, 18 FEVEREIRO DE 1994
[...] De tudo quanto fiz, o que sobressai foi ter mandado entregar esta tarde os cinco exemplares do original destinados ao concurso literário Miguel Torga//Cidade de Coimbra. Utilizei o pseudónimo de Lourenço da Silva Ribeiro. O primeiro concorrente a fazer a entrega. Nasci apressado e fiquei sempre com este jeito insofrido. A polifonia romanesca, *Grito em Chamas*, é um bom livro... O júri vai ficar rendido!

Tão modesto que és, oh escrivão da pena longa!

COIMBRA, 4 DE MARÇO DE 1994
Tudo forrado de um nevoeiro intenso. No Picoto nenhum havia. A partir de certa altura, um pouco antes dos *Casaréus*, antiga casa-refúgio de Nemésio, cerrou-se de tal forma, que tive de acender os faróis. Da janela do meu quarto, via-se a cidade boiando num mar de natas. Os prédios mais elevados da Avenida Elísio de Moura perfuravam aquele algodão em rama, dando à cidade um ar fantasma... O dia promete descobrir-se e já está iluminado. Espreito-o todo molhado de azul da janelinha do gabinete. Ergui-me noite ainda. A tosse não me largava. Levantei-me. Passou. Cheguei à Faculdade por volta das oito. Tomei o pequeno-almoço e meti-me no gabinete. Daqui a pouco vou de abalada. Ouço os sinos repicando. E todo eu me alvoroço de campainhas. Retinem no íntimo, ouço-as, e segrego baba emotiva como o cão de Pavlov. Levo comigo as provas do *Passageiro em Trânsito*. Vou entregá-las, pes-

soalmente, à Salamandra, em Algés. Levo o contrato devidamente assinado. Abrange *Grito em Chamas*. Em caso de haver prémio Miguel Torga, fica salvaguardada a edição conjunta do livro pela Câmara de Coimbra e a editora. Se não houver, será na mesma publicado. Tudo me tem corrido bem...

COIMBRA, 7 DE MARÇO DE 1994
Acordei mais tarde. Após um fim-de-semana que exigiu um dispêndio suplementar de energias por intensamente lírico, deitei-me em lençóis lavados e dormi profundamente. Maçado do calor da viagem, recolhi-me a horas pequenas. Vi um documentário sobre Miguel Torga. As imagens de fundo eram conhecidas, pertenciam a outro programa transmitido em 1987. Faz agora anos. Poucas horas depois, morria Paulo Quintela. Viu o programa sobre o seu velho amigo, transmudado, desde os fins da década de cinquenta, em cordial inimigo. Nunca consegui destrinçar a razão... Deitou-se e nunca mais acordou. Pura coincidência? Informara-o do programa na antevéspera e chegara a alimentar o sonho de os reaproximar... Outras as personalidades que intervieram no programa de ontem. Gostei do que disse Manuel Alegre sobre a poesia de Torga. Só não gostei tanto da maneira como leu os poemas. Deu a ideia de que usou a mesma entoação épica, como se as poesias fossem todas de combate... E muitas delas eram profundamente líricas. Rui de Carvalho, bom actor, podia ter sido mais convincente e enérgico.

Quanto às costumeiras imagens agrárias a servir de pano de fundo, o seu uso já se tornou em abuso. Tanto querem identificar Miguel Torga com o país e de o fazer herói de um Portugal velho, que acabam por reduzi-lo a uma dimensão de um país ronceiro, de pastores, rebanhos, cavadores, carros de bois... O Portugal nuclear passa por aí, mas haja bom senso. As asas do escritor e do poeta garantem o universo...

COIMBRA, 7 DE ABRIL DE 1994
[...] Sempre que bato ao ferrolho de Miguel Torga sou bem atendido. Nunca dele saio sem uma palavra a servir de penso a uma ferida mal cicatrizada, nem tão-pouco desiludido com a lição de estética da língua que me dá por cada palavra impressa. Um Mestre.

COIMBRA, 10 DE ABRIL DE 1994
[...] Melhor arrumar a viola no saco, reduzir-me à minha tartamudez, esperar por outra ocasião mais propícia para encetar a leitura do segundo volume, a ver se encontro pé na fundura do poceirão... Mas, antes disso, espero lavar-me do sarro deste Domingo, lendo alguma coisa mais chã, mais chegada à minha condição de mortal, Miguel Torga, que Prado Coelho tanto desama e zurze...

COIMBRA, 13 DE ABRIL DE 1994
[...] Devia ter-me ficado pelo tinto do Douro. A minha intenção era encher as veias daquele líquido para poder

ir dar um quartilho de sangue com mais propriedade e eloquência. Sangrei-me em saúde na Faculdade de Medicina. Todas as vezes que ali se recolhe sangue lá vou eu dar o meu contributo e tomar um segundo pequeno-almoço, suculento, para não entrar em fraqueza.

O vinho do Douro, ou melhor dizendo à moda da terra, o vinho fino... Em Trás-os-Montes, escreve Miguel Torga no primeiro *Diário*, "pelo menos vê-se Nosso Senhor Jesus Cristo em carne e osso, e anda-se com ele de camionete. Guia o Gateiras. E Nosso Senhor, que vai representar a Sabrosa, compra bilhete no Tabuaço e embarca a meu lado. Usa cabelo à poeta, e já tem pouco. Leva a caixa da maquilhagem sobre os joelhos e vai sério. Em Constantim bebe um copo do tinto para à noite ter sangue no Calvário. Tudo como vem nos Evangelhos, porque diz: este é o meu sangue... E anda a gente cá por baixo a ser livre-pensador!" [...].

COIMBRA, 1 DE MAIO DE 1994
[...] Fiquei atrás, os olhos habitados de sua presença e de um trecho do Doiro, rio excessivo, navegado ao princípio da tarde sob um sol encomendado a Baco. O quase iate a motor das caves anfitriãs só serviu o percurso das três pontes, soube a pouco, o suficiente para se ficar sugerido de outras maiores grandezas graníticas e transmontanas. Miguel Torga bem nas sabe, descobriu-as escavando em si próprio e lá as tem procu-

rado devolver aos versos em palavras alucinadas como bagas de fogo [...].

coimbra, 30 de junho de 1994
Pela meia-noite soube da atribuição do prémio Miguel Torga/Cidade de Coimbra. Fiz da casa do Resende o quartel-general dos meus pedidos de informação. Chegou minutos depois por interposta pessoa. Aliviado da pressão em que me encontrava desde manhã... Hoje li no jornal que o júri era composto pela Mulher do patrono, por uma professora da Faculdade de Letras e pelo presidente da Associação Portuguesa de Escritores. Ganhou-o o escritor Serafim Ferreira, com um livro intitulado *Mar de Palha*. Segundo o próprio autor, que de manhã ouvi numa estação de rádio, trata-se de um ajuste de contas com o 25 de Abril. Fico curioso. Nem a terminação me calhou! Para me animar, o Resende: "Se ganhasses, não ficavas em grande companhia; muitos dos que antes o conquistaram já ninguém sabe quem são"...

coimbra, 2 de julho de 1994
Vim por aí abaixo pensando. E ouvi mais claramente o que me dissera um dos elementos do júri do Prémio Miguel Torga. Contou maravilhas do meu livro *Grito em Chamas*. Chegou à final juntamente com o que foi distinguido. Dos cinquenta e dois originais concorrentes, afirmou, não havia quaisquer dúvidas...
 Na decisão final o júri, por influência de um dos ele-

mentos, pendeu para o que veio a ganhar... O tema do romance é o 25 de Abril, ainda quente, ao passo que o meu não se sabe de que trata. Ainda bem! Tem a Ilha e alguns dos seus problemas como pano de fundo. Tudo longe da universalidade da literatura cometida em Lisboa e arredores...

COIMBRA, 13 DE OUTUBRO DE 1994
O japonês que empalmou o Nobel da Literatura tem um livrinho traduzido em português há cerca de vinte anos. Publicado pela Civilização, intitula-se *Não Matem o Bebé*. Uma xaropada. Nem sequer tem uma obra vertida para inglês...

Esta tarde, um jovem professor de Física, admirador de Saramago, disse-me: "O Torga nunca poderia ganhar tal prémio; só escreve sobre Trás-os-Montes". Respondi-lhe que um dos melhores romances de Saramago, *Memorial do Convento*, é sobre Mafra. Qual será a diferença? Retorquiu-me: "Com essa é que você me lixou!".

COIMBRA, 21 DE NOVEMBRO DE 1994
Miguel Torga ainda hospitalizado na Oncologia. Continua o Poeta com a lucidez intacta, a memória fresca, o dom de conversar inalterado, a mesma garra em combater a morte... Quanto ao corpo, as coisas pioram um pouco. Só meio rim a funcionar, transfusões de sangue com frequência, e as metástases cavalgam tanto... Ele próprio faz a narrativa circunstanciada dos seus padecimentos, mas frisa sempre: "Ela só virá bus-

car-me quando de todo lhe não puder bater o pé"...
O mesmo me disse sua Mulher, a semana passada,
quando lhe perguntei pelo marido: "Lá está internado,
em luta constante contra a morte..." A Igreja Católica
está apostada em converter o herege de *A Criação do
Mundo*. Já não lhe bastava a visita de padres, seus amigos ou conhecidos. A Hierarquia entendeu que, para
um ateu da grandeza de Torga, só um bispo... E enviou
ao hospital um prelado dessa categoria para o tentar
converter... "Sabe, senhor doutor, Deus é Pai e bastaria
uma só palavra sua para eu lhe dar a absolvição. Pense,
senhor doutor, Deus é Pai, bastava uma palavrinha sua
e..." "Qual Pai, senhor, não preciso da sua absolvição,
nem ela me valia de nada, hei-de morrer assim, coerente com a vida que sempre levei"... Falta-me o ânimo
de ir visitá-lo. Dói-me. Se calhar, o próximo encontro
será em outro lugar muito diferente, e então será já
tarde de mais para eu remendar esta falta de coragem
que agora sinto...

COIMBRA, 17 DE DEZEMBRO DE 1994
As notícias sobre Miguel Torga não são boas.
Aproxima-se a morte e o Poeta pressente-a. Desta vez
o meu amigo Arnaut achou-o mais prostrado. Tinham-
-lhe injectado uma potente dose de morfina. Nunca o
vira tão desinteressado, as pálpebras fechando-se, pesadas de um sono artificial. Nem parecia o Torga, que
desafiava tudo e todos, incluindo a morte. Pouco
tempo se demorou. Não estava gostando de o ver em

atitude tão passiva, nada torguiana... Alegou afazeres e foi-se, uma sombra molhando-lhe os pensamentos e as já fracas esperanças. Dois dias depois, telefonou-lhe a Mulher do Poeta. Tinham-lhe retirado a morfina, e reanimava-se de novo...

COIMBRA, 17 DE JANEIRO DE 1995

Morreu Miguel Torga. Um dia tinha de abrir esta página com a má nova a tropeçar-se num ressalto de tristeza e de amargura. Quando há pouco, à mesa da tertúlia, me deram a notícia, senti vontade de rir à gargalhada na cara da mensageira. Miguel Torga nunca esteve para morrer... O médico, sim. O que usava o nome civil de Adolfo Correia da Rocha e tinha placa de otorrinolaringologista no consultório do Largo da Portagem. Nascera num doze de Agosto de há mais de oitenta e sete anos, na aldeia transmontana de São Martinho de Anta... Miguel Torga principiou-se, já adulto, no ano de 1934, e perdurará enquanto o tempo for tempo... Pouco ou nada comi, apesar de ter dito ou pensado o que ficou escrito. Literatices que se dizem e escrevem para iludir o iniludível, cogito neste casulo de solidão em que me refugiei para o chorar à minha maneira e o reverenciar, respigando, aqui e além, nas páginas sofridas do seu último diário, algumas das pepitas de ouro do seu sofrimento. "Aproxima-se o fim. /E tenho pena de acabar assim, /Em vez de natureza consumada, /Ruína humana./Inválido do corpo/ E tolhido da alma./Morto em todos os órgãos dos sentidos" – leio no poema com que o Poeta encerra o livro. Seco, sem uma palavra em asa a acenar-me um perfil de Ilha num horizonte inventado. Todas as palavras se ausentaram – para onde terão fugido? Terão ido chorar em memória do Poeta. Regressarão mais serenadas. Assim o espero.

COIMBRA, 19 DE JANEIRO DE 1995

Dia de partida. Mais solene do que missa cantada a grande instrumental... Coube-me um coágulo andarilho difundido no sangue. Viagem penitencial. Não exagero. Além da propriamente dita, empreendo, parelhas, outra mais medular: põe-me a contas comigo e com o que tenho ou não sido no tempo e no espaço... Ontem, foi a derradeira do Poeta que mais bem cantou Portugal, Trás-os-Montes e o Doiro. Saiu de Coimbra a meio da manhã. De muito Sol vestida. Rumo a São Martinho de Anta. A derradeira entre as milhares que fez ao seu *lugar de onde*. No *Diário XI*, publicado nos princípios de setenta, escreve: "Sempre que venho por aí acima, começo a avistar o Marão e o Doiro, e me ponho a pensar na morte, o que mais me entristece é não poder deixar em testamento os olhos à filha"...

À despedida, muitos abutres oficiais. Fica bem ao poder relacionar-se de vez em quando com a poesia, nem que seja nos funerais – finge-lhes um ar humanista de defensores das artes e das letras... Fez-me lembrar a resposta, sábia e irónica, que Torga deu ao Primeiro-Ministro. Informara-o Sua Excelência de que sua Mulher gostava da obra torguiana: "Estime-a, senhor Primeiro-Ministro, estime-a..."

BRISTOL, 24 DE JANEIRO DE 1995
[...] A meio da manhã fui a pé a casa de meu tio, tinha precisão de estender as pernas, que o aquecimento da casa faz a gente mole. Levava comigo os *Novos Contos da Montanha*, de Miguel Torga, para lhe oferecer – um pouco antes, ao telefone, tinha-me falado dele e perguntado algumas coisas acerca da sua vida e obra, por isso lembrei-me de lhe levar o livro, que sei nunca irá ser lido, mas a minha intenção foi a melhor. Quando a conversa começou a descambar para assuntos que me não interessavam mesmo nada – grandezas e dinheiro, terra da América e outras virtudes teologais –, peguei do livro, abri-o numa página ao acaso e li-lhes o conto "O Leproso". Ficaram ambos em silêncio e de boca aberta até eu terminar a leitura, que ainda levou o seu tempo. No fim, meu tio, com a sua palavra fácil e pronta, quase sempre pouco responsável no que toca a encómios ou vice-versa, já dizia, como se conhecesse a obra de Torga em profundidade, que era o melhor escritor de todos os tempos, nem o Antero de Quental lhe chegava aos calcanhares... Lá tive que pôr água na fervura, garantindo-lhe que ser grande escritor não significava que os outros fossem pequenos, mas foi difícil chamá-lo à razão, porque a seguir me disse que nem o Camões se lhe comparava... Agora já sei o remédio para quando a con-

versa se tornar enfadonha e galgar para certos terrenos escorregadios, como por exemplo, quando recair nas nunca assaz excelências da terra da promissão americana – abro um livro, de preferência de Miguel Torga, e leio-lhes um trecho.

BRISTOL, 27 DE JANEIRO DE 1995
Estive de novo em casa de meu tio, fiz-me passar por lá na volta ainda comprida que dei para exercitar as pernas, tinha ido pagar o telefone e a luz a uma loja da Rua da Cidade, desta maneira chamam os luso-americanos à baixa, mas, sangrando-me em saúde, levara comigo no bolso do casaco o último diário de Torga, sempre é bom andar uma pessoa prevenida, que nunca se sabe que conversa mal-encarada nos espera ao dobrar da esquina. E o amuleto serviu mesmo. Mal o bate-papo descambou para as excelências do metal sonante e da terra onde ele floresce, a América, rapei do livro e li-lhes uns trechos. Remédio mais eficaz não podia haver. E não fora o facto de estarem presentes os dois e únicos netinhos machos mais moços, insofridos diabretes, de quem minha tia toma conta, como tomou de todos os outros que agora são mulheres feitas, e que prejudicavam a leitura – ainda lá estaria a ler-lhes Torga...

Quando meu tio me veio trazer de automóvel a casa, disse-me à despedida: "Temos de combinar para que tu e tua Mãe venham passar um dia inteiro a minha casa, e não te esqueças de trazer o diário de Torga...

COIMBRA, 27 DE MARÇO DE 1995

[…] Adolfo Rocha acaba por adoptar, no livro *A Terceira Voz* o nome literário de Miguel Torga. Torga, em homenagem à planta parecida à urze que infiltra as suas raízes no chão mais inóspito e pedregoso; Miguel, em veneração por Miguel de Cervantes e Miguel de Unamuno.

Paulo Quintela conheceu-o numa clínica onde o escritor convalescia de uma operação. Ao encontrar-se pouco depois com Martins de Carvalho, Paulo Quintela confessa-lhe, radiante: "Acabei de conhecer um grande poeta de Trás-os-Montes"!

Daí em diante, o tempo não fez mais do que uni-los numa amizade fraterna, que, tristemente, se não prolongou durante a vida inteira.

Encontravam-se os três praticamente todos os dias, quer na Central, quer em passeios pós-prandiais no Parque da cidade, à beira-rio, quer em casa uns dos outros, trocando ideias, falando sobre literatura, discutindo a situação política do país e da vizinha Espanha, em preparativos para a guerra civil, ou simplesmente na má-língua...

O melhor é tomar de empréstimo a Miguel Torga um dos passos do terceiro dia de *A Criação do Mundo*, onde esboça, com grande agudeza psicológica, o retrato interior dos dois amigos: "Já no fim do curso, conhecera dois professores, um do Liceu, outro da Universidade, o Gonçalo [Martins de Carvalho] e o André [Paulo Quintela], com quem dia a dia estreitava mais as relações. Ia encontrá-los à mesa do café, depois do almoço, saciava a avidez de notícias, e à noite procurava-os em casa e lia-lhes as últimas produções. Mais velhos do que eu e mais cultos, media neles em cada novo contacto o meu próprio crescimento interior. Eram diferentes e, de certo modo, completavam-se. O Gonçalo, frio, céptico e subtil, apanhava no ar o sentido e as intenções do que ouvia. O André, impulsivo, exuberante, reagia sobretudo ao colorido e ao pitoresco dos temas e das situações. De uma seriedade intelectual que me parecia exemplar, embora inexoráveis no julgamento, mesmo nas palavras de desaprovação punham sempre a brandura da cordialidade. E quando a altas horas deixava o escritório dum ou doutro, o do Gonçalo despido e severo como a sua inteligência, e o do André recheado e barroco como o seu temperamento, se não vinha coroado de louros, trazia o que mais precisava: estímulo para continuar".

Essa amizade assente em afinidades literárias e culturais tinha, no caso de Paulo Quintela, um outro condimento a temperá-la – o seu grande amor a Trás-os--Montes, o tal Reino Maravilhoso, que o Poeta criou e amou sobre todas as coisas e de onde eram ambos oriundos.

Um dia Torga foi a casa de Quintela ler-lhe um poema ainda fumegante da forja. Queria a sua opinião, para ele muito importante. Após ter o Poeta lido o poema em voz alta, Paulo Quintela fez um pequeníssimo silêncio e disse com toda a sinceridade: "Soa-me ao "Cântico Negro", de José Régio…"

Palavras não eram ditas, e Miguel Torga já tinha rasgado o poema em pedacitos e atirado para o cinzeiro. E nunca mais se falou no assunto...

Pouco tempo antes de se terem conhecido, Torga, dissidente da *Presença*, com mais dois camaradas de letras, por querer uma arte mais enraizada no real e sentir que os seus antigos companheiros de aventura literária eram demasiado intelectuais para o seu gosto, funda uma revista intitulada *Sinal*, que havia de morrer logo à nascença, onde ensaia esse seu novo caminho literário. É interessante ler o que Miguel Torga escreveu, no mesmo terceiro dia de *A Criação do Mundo*, a respeito da geração presencista: "Intelectualizados da cabeça aos pés, mal tocavam a realidade. Eram platónicos no amor, teóricos no desporto, metafísicos no convívio. A convicção de serem únicos distanciava-os do vulgo, tornando-os incapazes dum contacto permanente com as forças rasteiras da natureza.

– Bem, adeus.
– Onde vais?
– Às putas".

* * *

Em Setembro de 1941, Miguel Torga e Paulo Quintela participaram, nas Pedras Salgadas, no 2.º Congresso Transmontano, cada qual com uma conferência – a de Miguel Torga com o título de "Um Reino Maravilhoso", e a de Paulo Quintela intitulada: "Um Poeta de Trás-os-Montes".

Torga principia pela definição do reino maravilhoso: "Vê-se primeiro um mar de pedras. Vagas e vagas sideradas, hirtas e hostis, contidas na sua força desmedida pela mão inexorável dum Deus criador e dominador. Tudo parado e mudo. Apenas se move e se faz ouvir o coração no peito, inquieto, a anunciar o começo duma grande hora. De repente rasga a crosta do silêncio uma voz de franqueza desembainhada:

– Para cá do Marão, mandam os que cá estão!

Sente-se um calafrio. A vista alarga-se de ânsia e de assombro. Que penedo falou? Que terror respeitoso se apodera de nós?

Mas de nada vale interrogar o grande oceano megalítico, porque o nume invisível ordena:

– Entre!

A gente entra, e já está no Reino Maravilhoso".

Chega agora a vez de Paulo Quintela, que nos vem dizer: "Mas não se nasce impunemente poeta em Trás-os-Montes, no Alentejo ou à beira-mar. O homem da planície terá uma vivência das coisas e dos homens muito diversa da do montanhês. Horizontes vastos e planos, monótonos, em que as figuras se perdem ou ficam reduzidas a contornos imprecisos, convidam a erguer os olhos e a contemplar o céu... Mas subamos agora a uma montanha. As coisas na encosta que vamos escalando são-nos mais chegadas, mais íntimas, mais nossas, pelo esforço que pusemos em alcançá-las;

a luz quebra e reflecte de outra maneira nas lombas que nos rodeiam e nos limitam o horizonte; a subida é árdua, mas gostosa; o arcaboiço arfa, bate o coração encostado à fraga ou à árvore, e o arquejar do peito e a pancada do coração do homem da montanha faz-se hálito e pulsar da própria terra-mãe. Chega-se ao cimo. Mas não foi para contemplar o céu que nos aproximámos dele. Sobe-se a um monte para olhar cá para baixo, para dominar a terra que se alarga, se nos revela e nos convida. Foi no alto dum monte que o diabo patenteou a Cristo a sua maior tentação. Deus em Cristo resistiu à tentação. Os homens sucumbem à veemência do desejo de posse do mundo e da sua Beleza" [...] (extracto de uma conferência "Um Reino Maravilhoso", publicada com ambos os textos dos então amigos).

COIMBRA, 29 DE ABRIL DE 1995
[...] Não me faltaram razões para chegar ao fim do dia exausto de tantas e tão boas emoções... Só destoou o lançamento da revista de poesia, da Universidade Lusófona, dedicada inteiramente a Miguel Torga. Exceptuando alguns breves momentos, tudo aquilo se transformou numa xaropada. Os poemas e os textos, na sua maioria, eram de fugir a sete pés. Confidenciei ao padre Valentim, e ele concordou, que Miguel Torga tinha dado um valente coice na sepultura... Este padre, íntimo amigo do Poeta, conviveu muito com ele e acompanhou-o de muito perto. Gerente da Gráfica de Coimbra, onde eram e continuam sendo impressos os livros

de Torga, mostrou-me as provas do diário, a publicar, em dois volumes, de seiscentas páginas cada. Não o via há muito tempo. Pouco mais novo do que eu, dedica-se, em exclusivo, à Gráfica, uma das melhores e mais bem apetrechadas tipografias do país. Ali imprimi, há trinta anos, o meu livrinho *Mãos Vazias*, já ele era o gerente. Paguei na altura dois mil e duzentos escudos por uma tiragem de quinhentos exemplares, sendo quinze escudos o preço de venda ao público. Teceu-me um generoso elogio à página de diário que publiquei no Diário dos Açores sobre Torga (vide entrada de 15 de Dezembro de 1993) e que o padre Valentim mostrara ao Poeta antes de morrer. Apreciaram-na muito, tanto o Poeta como o padre Valentim, de tal modo que este guarda o recorte como recordação.

COIMBRA, 26 DE MAIO DE 1995
Paulo Quintela foi o primeiro homem de teatro português que pôs em cena Miguel Torga. Em 1947 o TEUC representava *Terra Firme*, no velho Teatro Avenida. Doze anos mais tarde, no mesmo local, o CITAC (Centro de Iniciação de Teatro da Academia de Coimbra), que convidou expressamente Quintela para encenar uma peça de Miguel Torga, representava o poema dramático *O Mar*, integrado no seu I Ciclo de Teatro daquele organismo académico.

A partir daí os destinos destes dois homens altivos como duas vertentes de um Marão de carne e osso separam-se para o resto da vida. Uma tristeza! Nunca soube deslindar as razões por que se deu tal ruptura, nem talvez as houvesse bem definidas. Seriam fortes razões do coração, atrevo-me até a dizer de um grande amor ferido. No fundo, admiravam-se mutuamente, e outra coisa não seria de esperar de homens de tamanha envergadura. Eu próprio posso disso dar testemunho.

Paulo Quintela continua no seu labor de traduzir autores alemães, ingleses e franceses como Brecht, Nelly Sachs, Hauptmann, Nietzsche, Goethe, Kant, Ben Johnson, Molière e prossegue no TEUC durante cerca de mais dez anos, encenando Gil Vicente, Molière, autores gregos, como Eurípedes e Sófocles, e modernos como Garcia Lorca e José Régio. Miguel Torga havia ainda de publicar dois livros de poesia, *Câmara Ardente* e *Poemas Ibéricos*, e três de prosa, o quinto e o sexto dia da *Criação do Mundo* e nove volumes do *Diário*.

Paulo Quintela é o primeiro a sair de cena. No dia 9 de Março de 1987. Na véspera, domingo à noite, estivera a ver um programa televisivo intitulado *Eu, Miguel Torga*, documentário sobre o autor da *Criação do Mundo*. Acabado o programa, foi-se deitar e não mais acordou. Premonitório. Eu tinha estado com ele na sexta-feira anterior. E havia prometido levar-lhe na sexta seguinte o *Diário XIV*, acabado de sair, do qual lhe falara com entusiasmo durante a nossa última conversa de sexta-feira, 6 de Março de 1987. À despedida, no alto da escada, ainda me preveniu: "Não te esqueças de me trazer o diário do Torga..."

Miguel Torga viria a morrer cerca de oito anos mais tarde, em 17 de Janeiro de 1995. No seu penúltimo diário, o *XV*, pode ler-se, na entrada com data de 9 de Março de 1987, dia da morte de Paulo Quintela: "A morte é uma grande reconciliadora. Não há desavença que lhe resista. O seu grande manto de equanimidade cobre todas as paixões da mesma vanidade. Só é pena que, depois dela, tudo seja irremediável."

É de salientar que, no dia da morte de Paulo Quintela, Miguel Torga enviou por um portador uma grinalda de flores...

COIMBRA, 3 DE JANEIRO DE 1996
[...] Já o escritor José Régio cogitava o mesmo em relação a um diário escrito com longuíssimas intermitências durante quarenta e três anos de vida literária. Só o procurava por um subtil estratagema da vontade, nunca com a sofreguidão de quem procura alijar, com naturalidade e alívio, uma sobrecarga emocional em cata de uma expressão urgente e adequada, não artística – ele não via o género diarístico com a mesma elevação dos outros (não descortino o porquê da discriminação, se considerarmos que do melhor da obra torguiana, incluindo a poesia, se encontra nos dezasseis volumes do diário, o de Virginia Woolf, em cinco volumes, é considerado uma obra-prima, para já não referir o genebrino Amiel, cujo diário íntimo o tornou célebre após a sua publicação póstuma, e May Sarton, poeta, romancista e diarista americana, que, segundo

alguns críticos americanos, elevou o diário a género literário naquele país).

Eu, tão ou mais longe de Régio e de Torga e dos outros do que da minha Ilha para sempre perdida algures num mar de mistério, ando para aqui fingindo sofrimentos de escritor verdadeiro por não ter comparecido neste recanto durante algum tempo [...]

COIMBRA, 26 DE MAIO DE 1995
[...] Ouvi muitas vezes a Paulo Quintela, em fotografia à ilharga de meu Pai, referindo-se a Miguel Torga e à sua sofreguidão de rever e refundir os seus livros: "Ó homem, escreva um novo livro e não mexa mais no que está escrito..."[...].

COIMBRA, 29 DE JUNHO DE 1996
[...] Um dia Torga respondeu mais ou menos desta maneira a uma pessoa que lhe terá sugerido, nas termas do Gerês, que descansasse um pouco do labor da escrita para se restabelecer do seu escanzelamento: "Pedir-me que pare de escrever para descansar é o mesmo que pedir a um crente que deixe de orar porque se encontra fraco e cansado..."

Não vou tão longe, fica mal comparar-me com gigante tamanho. Apesar da minha pequenez, não posso negar que, por vezes, encontro na escrita uma certa paz interina. Mas dá-me também muita guerra [...].

COIMBRA, 16 DE NOVEMBRO DE 1996
[...] Só com Aquilino, primeiro, e Miguel Torga, depois

da guerra colonial, é que tudo havia de modificar-se. O beirão, mais esparramado na sua prosa suculenta e luxuriante, cheia de ressonâncias clássicas; o transmontano, muito mais contido na sua escrita enxuta e despojada até ao osso. Com eles aprendi alguns segredos da escrita [...].

COIMBRA, 15 DEZEMBRO DE 1996
[...] "Aquele livro que ali tem na estante não é o último *Diário* de Miguel Torga? Disseram-me ainda não o li que, neste volume, ele fala muito da morte, é verdade? Gostava que me lesse um pedaço, se não fosse muita maçada..."

O poema que acaba de nos ler é mesmo um requiem por ele próprio... Ah, então é este o último poema do livro. Não sabia que Torga principiava e terminava todos os seus diários com uma poesia! Eu sinto o mesmo, mas não sei dizer da maneira tão bela e profunda como ele o faz. Está certíssimo: "aproxima-se o fim, e tenho pena de acabar assim..."

Olhe, não o maço mais, e muito obrigada por me ter atendido de maneira tão simpática. Um feliz Natal para si e para os seus. Claro que volto, agradeço-lhe a generosidade. Volto eu ou outra pessoa por mim. Nestas andanças da Sida, adivinhar é proibido..."

COIMBRA, 1997
[...] "Que monstro este escritor", etcœtra e tal... Miguel Torga, o nosso maior diarista, ao referir-se à morte da

Mãe, escreve no sexto dia de *A Criação do Mundo*: "Fui encontrá-la morta, já no caixão, só à espera de mim para partir. Cuidei que me estalava a alma. Era uma angústia funda, dilacerante, que tentava em vão anestesiar com cigarros [...].

O mais trágico é que, apesar de crucificado, nem assim o poeta emudeceu. Quando dei conta, batia-me nos ouvidos um poema imperioso [...]. Ao rascunhá-lo num papel molhado de lágrimas até tive medo de mim. Que monstro era eu, afinal, que mesmo em semelhante momento me deixava arrastar pela sedução de um verso"? [...].

O poema, publicado no *Diário IV*, tem data de 1 de Junho de 1948, consiste em quatro estrofes, sendo as últimas duas as mais trágicas: "Chamo aos gritos por ti não me respondes./Beijo-te as mãos e o rosto sinto frio./ /Ou és outra, ou me enganas, ou te escondes/Por detrás do terror deste vazio. / Mãe: / Abre os olhos ao menos, diz que sim! / Diz que me vês ainda, que me queres. / / Que és a eterna mulher entre as mulheres / Nem a morte te afastou de mim"!

Quem sou eu para contrariar ou desconfiar sequer da palavra sagrada de um Poeta? Por vezes, contudo, há pequenas armadilhas, inofensivas, que vêm pôr a nu que determinado passo de um diário pode não ter sido escrito na data lá indicada, e nenhum mal vem ao mundo. O próprio Miguel Torga escreveu, no *Diário II*, um curto texto numa data inexistente: 29 de Fevereiro de 1942, ano comum e não bissexto... Só conta o que vem lá escrito! Escreve-se também de memória, o primeiro rascunho, ou tira-se um pequeno apontamento basta por vezes uma só palavra a servir de isco à memória para iluminá-la. Depois, com paz e sossego, compõe-se a prosa, o poema ou o poema em prosa, como se o autor estivesse vivendo no ápice do instante... [...].

BRISTOL, 28 DE JUNHO DE 2002
Todo o começo é difícil, mas este é-o com maior intensidade sísmica por diversos motivos que procurarei deslindar ao longo do meu texto.

No dia em que recebi, telefonicamente, a notícia oficial de que tinha sido o vencedor do Prémio Nacional Miguel Torga deste ano, fiquei sem palavras, ou, para bem dizer à moda da minha Ilha, fiquei precinto. Durante alguns segundos de eternidade, não fui capaz de arredondar um pensamento, nem muito menos uma simples locução que traduzisse o meu espanto.

É evidente que acabei, após aturada reflexão, por me apresentar a concurso por minha livre e espontânea vontade. Como tal, estavam-me garantidas, à partida, iguais oportunidades para o ganhar como qualquer outro candidato. Mas – e há sempre uma adversativa a condimentar a vida –, existe uma aculada maquia de contingência e precariedade nos certames literários.

Digo-o com sinceridade que nunca ambicionei tanto ganhar o prémio de Miguel Torga. A ele me candidatei por duas vezes, com o *Passageiro em Trânsito* e o *Grito em Chamas*, e de ambas não tive a sorte. Por esse e por outros motivos do meu foro íntimo, tinha decidido desistir de continuar a concorrer. Para tudo existe uma idade e um tempo...

Não cumpri, como se pode ver, a minha inabalável determinação... E, desta vez, a contingência, que é a fada-madrinha dos concursos e de outros arranjos literários, achou por bem vir ao meu encontro, pelo que lhe fico eternamente reconhecido. Daqui saúdo os meus cinquenta e dois colegas concorrentes, alguns dos quais, decerto, mereciam estar aqui no meu lugar, dado que este foi, e segundo as palavras do vereador da cultura publicadas nos jornais, um dos concursos de mais elevada qualidade.

Posso agora morrer descansado, literariamente é bem de ver, porque já fui ungido com o santo sacramento do prémio que mais desejava alcançar, pelo seu significado simbólico, quer para mim próprio, como escritor, quer para a pessoa que procuro ser.

Miguel Torga, com quem convivi, quase diariamente, durante um ano e meio, disse-me um dia, nos idos de 74, no seu consultório: "Escreva um livro do género da Criação do Mundo, que pressinto que Você tem dentro de si matéria bastante para a transformar em prosa; trabalhe, só com persistência e muito suor conseguirá alguma coisa; desconfie da facilidade..."

Principiei a ler a obra de Torga por espírito de oposição e de rebeldia, como tem sido timbre meu ao longo da vida. Tanto o rebaixavam, que fui espreitar a obra daquele *bicho* que passava na Ferreira Borges a caminho da Coimbra Editora, andar desengonçado e olhar de furão que penetrava, na cara da gente, em gume de navalha bem afiada. Espreitei pelo buraco da fechadura e o panorama entrevisto foi-me de tal sorte sedutor, que arrombei a porta e, até hoje, nunca mais deixei de o ler nem de o reler; e como cristão velho, vou todos os anos à desobriga – a releitura da sua obra completa para me saciar da sede que sinto da beleza que se desprende da sua prosa e da sua poesia e assim prosseguir a dura aprendizagem de desvendar o segredo do como escrever com simplicidade e fundura tamanha.

Ter-lhe-ia caído a preceito, sobre os ombros, a croça de honras do Nobel da Literatura, mas o cozinhado do inventor da dinamite e criador do prémio mais mundial contém ingredientes de que só os grandes cozinheiros possuem a receita...

Como maiúsculo Escritor e Poeta, Miguel Torga tem leitores que lhe devoram a obra e ficam encantados; outros, que a lêem e não a apreciam, e aqueles que nunca o leram, mas não gostam nada da rusticidade da sua prosa ou da sua poesia. Conto-me, naturalmente, entre os primeiros. Se influências contraí na minha escrita (e todos os escritores as têm), é em Miguel Torga que se devem ir procurar. Só não gostava que me dissessem que exalava a suor alheio... Entre aqueles que nunca o leram, mas que o detestam, encontram-se certos críticos pós-modernos, com muita cultura bebida nas badanas, para quem a literatura torguiana é tacanha, tosca e provinciana. Acolhem-se nas colunas de pomposos jornais de letras e de outras artes mandingas, onde têm bilhete de assinatura que lhes dá acesso ao púlpito perpétuo de onde pregam os seus sermões em latim bárbaro e macarrónico. E os livros de Miguel Torga nem sequer têm badanas e quem os quisesse ler tinha necessidade de se munir de uma faca de cortar papel...

Este prémio, tímido e de pouca difusão nas primeiras edições, o que sempre me causou algum espanto, pois se havia realizado o mais difícil e descurado o mais simples –, com um patrono da grandeza de Torga, podia, desde início, ter sido mais valorizado, mas quedou-se por uma publicação camarária, pouco ou nada atraente e muito aquém da altura do seu patrono. É certo que foi melhorando ao longo dos anos: alargado para a ficção o que dantes era só conto e passou a ser mais digna a edição dos livros premiados... Mas, e se me permitem o atrevimento, gostaria de acrescentar que ainda se poderia fazer mais e melhor. Agregar, por exemplo, este prémio nacional à APE, como o da Câmara do Porto, na literatura biográfica; o da de Famalicão, no conto; e o da de Beja, na crónica; ampliar o âmbito dos géneros literários, se é que deles ainda é lícito falar... Não esqueçamos que Miguel Torga, além de poeta, contista, romancista e dramaturgo, foi igualmente o grande diarista da Literatura

Portuguesa... Poderá parecer utopia, mas, sem ela, de que viveria um ser humano com tamanha carestia de vida e de sonho?

> (Lido pelo meu filho Luís no Salão Nobre da Câmara em 4 de Julho de 2002)

COIMBRA, 4 DE JULHO DE 2006
Já não deveria ter idade para concorrer a prémios literários. Não que os menospreze. Pelo contrário. Acho que eles, quando sérios, constituem um grande estímulo para quem os recebe. Sobretudo quando se é jovem. Eu próprio sou disso testemunho. Dão estímulo e pedem em troca responsabilidade. E o Prémio Miguel Torga / Cidade de Coimbra inclui-se nesse âmbito, não só pela grandeza poético-literária do seu patrono como também pelo saber, exigência e competência do Júri que o compõe.

Há, porém, uma altura na vida em que se deve parar. E eu já a atingi há muito. Quando recebi este prémio há quatro anos tinha prometido, no Salão Nobre da Câmara Municipal, pela voz do meu filho mais moço, não reincidir. Não só não cumpri a palavra como binei, tal qual certos párocos em algumas paróquias, devido à carestia de vocações... Tudo me aconselhava a que não desse tal passo. Se não vencesse ficaria mal colocado perante mim próprio, o mais severo juiz dos meus actos. Se ganhasse pouco ou nada adiantaria à obra feita... Um grande risco, concedo.

Quis corrê-lo no segredo da consciência, mas balancei muito antes de me decidir. Tinha razões de natureza íntima e de natureza utilitária. A narrativa diarística, por natureza confessional – o que não significa um desnudamento total na praça pública – é mercadoria que não agrada às editoras. O meu livro será talvez uma autoficção e uma incessante procura de um duplo. Dei-lhe o título de *A Tabuada do Tempo* e leva o subtítulo de *a lenta narrativa dos dias*. Procurei que a intimidade do narrador se não extravasasse em prosa piegas. Queria-a contida, despojada, porque ao mais pequeno deslize poderia desaguar na lamechice.

Não quero nem devo ser juiz em causa própria, mas tinha um pressentimento de que havia conseguido essa contenção. Creio que o Júri também compreendeu esse despojamento. Por outro lado, sem um prémio teria sérias dificuldades em publicar este livro, e ser-me-ia penoso deixá-lo no fundo da gaveta. Escrevi-o com sofrimento e, talvez por isso, gosto muito dele. As editoras não querem arriscar em obras deste jaez. Tenho boa experiência sobre as bolandas por que passei com as anteriores. Não são comercialmente viáveis, afirmam.

Mesmo que seja este o meu último livro, estou convencido de que saio de cena a tempo. Antes de concluir, quero fazer uma pequena correcção: quando disse há pouco que, se este livro vencesse o concurso, nada adiantava à obra já feita, exagerei. O Júri, que é douto, foi de opinião contrária. E quem sou eu para contrariar os juízos do júri?

ILHA DO PICO, 24 DE JULHO DE 2007

Torga não vai morrer. Não é um escritor e poeta malamado, embora, nos primórdios da vida literária, tenha andado a contas com a Igreja e o Estado – aquela condenando-lhe as heresias, este apreendendo-lhe os livros e aprisionando-o no Aljube, ao publicar o Quarto de *A Criação do Mundo*. Pertence a um dos mais geniais painéis autobiográficos da nossa Literatura. Nesse romance, originariamente em cinco volumes e já reunido num só, traça o seu percurso desde a escola primária, passando pelo seminário de Lamego, empregado doméstico no Porto, cinco anos de Brasil, os anos de Coimbra, onde fez o Liceu a mata-cavalos, e se formou em Medicina. Será hoje Torga ainda lido? Afora os devotos que lhe saboreiam cada palavra da sua prosa, esburgada até ao tendão, e lhe decoram muita da poesia, admito que o escritor, após a morte física, esteja no limbo, lugar entre o céu e a terra, que a Igreja inventou para lá meter as crianças sem baptismo. Creio na sua ressurreição. Se assim não fosse, seria um pecado lesa-literatura. Certos literatos citadinos não o suportavam. Em Coimbra, em grupos literários neo-realistas, também não. Não o liam mas não gostavam. Rústico e telúrico de mais para sensibilidades tão mimosas! Tanto o zurziam que, por espírito de contradição, fui ver o *bicho*. Nunca mais o larguei de mão. Ainda hoje, em ocasiões mais sombrias, gosto de banhar-me naquela fonte de água cristalina. Fico mais sereno.

Influenciou-me muito. Experimentem a lê-lo! Não se arrependerão.

(Publicado no "Jornal de Letras", de 1 de Agosto de 2007)

ILHA DO PICO, 4 DE AGOSTO DE 2007

Costuma dizer-se que os Poetas não têm biografia. No caso de Torga assim não acontece. A sua vida constitui o húmus de toda a sua escrita, tanto na poesia, como na prosa (o romance autobiográfico *A Criação do Mundo*, representa o percurso inteiro de uma vida e quem a lê fica ciente de tudo o que respeita ao homem e ao escritor), passando pela diarística (16 volumes), que foi lavourando durante mais de sessenta anos sem descanso. Miguel Torga tinha da escrita uma ideia de sacerdócio. Escrevia por devoção, é certo, mas a pena não lhe deslizava ao longo da página com a desenvoltura dos que se julgam iluminados por uma inspiração que só para eles existia e que em Torga se transmudava numa bica de suor e aflição. A maior parte das vezes, atravessava a noite a "lavrar" a página e, no fim, já madrugada, quase manhã, a colheita nunca era proporcional ao trabalho despendido. Muitos exemplos existem no *Diário* em que o próprio Torga reflecte sobre o seu ofício de "lavrador das letras" angustiado e quase desesperado perante a página rabiscada e repleta de emendas. Revia até à exaustão. Nas tipografias onde imprimia a sua obra, sempre em edição de autor, os gerentes recusavam-se a fazer-lhe um orçamento prévio, porque, não raro, revia cinquenta vezes o mesmo exemplar.

Torga não usou sempre este nome. Baptizaram-no na igreja de S. Martinho de Anta, onde nascera a 12 de Agosto de 1907, como Adolpho Correia da Rocha. Filho de pais pobres, o destino que o aguardava não era lisonjeiro: ou seminarista ou camponês. A Mãe, com quem mantinha uma intensa cumplicidade afectiva, havia de lhe declarar, já depois de homem feito: "Nunca me enganaste, filho; falaste-me na barriga"...

O nome de Miguel Torga havia de surgir em 1934, no livro *A Terceira Voz*, não como heterónimo, tão-só para que houvesse uma distinção entre o médico que iniciara a profissão e o escritor que dava os primeiros passos. Estreia-se, em livro, com *Ansiedade* (1928), que vem a repudiar.

Concluída a quarta classe na sua aldeia, a conselho da Mãe, ruma à cidade do Porto para trabalhar como criado de servir numa casa rica. Não se dá bem a ser lacaio de meninos ou a puxar-lhes o reposteiro nas representações teatrais. Era a revolta a instalar-se! Regressa a S. Martinho e logo depois entra para o seminário de Lamego, onde fica só um ano. O Pai, que não queria dar ao filho a mesma vida que levava, indicou-lhe o caminho – Brasil. Tinha lá um tio a quem mandou uma carta com uma fotografia para que ele o reconhecesse caso fosse esperá-lo à doca. Não obteve resposta. Mesmo assim o pequeno Adolpho, com apenas 13 anos, zarpou para terras de Santa Cruz na companhia de um comerciante que viera à terra em férias.

Afinal, estava o tio à sua espera de fotografia na mão, no fundo do portaló do navio. Reconheceu-o. O comerciante deu por finda a sua missão, e o tio levou-o para a sua fazenda de Santa Cruz, no Estado de Minas Gerais. Era um homem duro e severo.

Durante cinco anos, o sobrinho trabalhou que se desunhou. De tudo fazia um pouco, que era muito, sempre pela medida acogulada, tanto que o tio aferiu que estava em presença de alguém da sua têmpera e da sua estirpe. Firme como a rocha do seu sobrenome. Mas não manifestava o que lhe ia no íntimo. Não tinha feitio para desvanecimentos. Se Adolpho trabalhava de manhã à noite, por vezes até horas incivis, não fazia mais que a sua obrigação. Um transmontano não se verga...

Aos dezassete anos, manda-o matricular no Ginásio Leopoldinense, que frequenta durante dois anos, após o que, como recompensa do trabalho exercido durante cinco anos, dá-lhe a escolher dois caminhos: montar-lhe um comércio no Rio de Janeiro ou pagar-lhe os estudos. Regressa a Portugal, termina o curso dos Liceus em três anos, matriculando-se depois na Faculdade de Medicina.

Enquanto estudante colabora na revista *Presença* da qual foi dissidente, em 1930, com Edmundo Bettencourt e Branquinho da Fonseca. A rebeldia de Torga já se manifestava, não se compaginava com escolas literárias. A seguir, fundou duas revistas: *Sinal e Manifesto*, que têm curta duração.

Em Dezembro de 1939, e na sequência da publicação de o quarto dia de *A Criação do Mundo*, Torga é preso na cadeia de Leiria, onde abrira consultório de otorrino, tendo sido transferido para o Aljube. Aí permanece até 2 de Fevereiro de 1940. Escreve na cadeia um dos grandes poemas da resistência portuguesa ao fascismo: "Ariane".

Daí em diante, Miguel Torga traçou o seu próprio percurso. Sozinho. Longe das luzes da ribalta. Morre em 17 de Janeiro de 1995, no Instituto de Oncologia, em Coimbra, em plena lucidez de espírito, como se pode ver pelo poema abaixo transcrito. Recebia os amigos e nunca lhes falava da morte próxima. No derradeiro poema do seu último *Diário*, o XVI, com data de 10 de Dezembro de 1993, faz esta confissão tão pungente quanto lúcida e arrojada:

Requiem Por Mim

Aproxima-se o fim.
E tenho pena de acabar assim,
Em vez de natureza consumada,
Ruína humana.
Inválido do corpo
E tolhido da Alma.
Morto em todos os órgãos dos sentidos.

Longo foi o caminho e desmedidos
Os sonhos que nele tive.
Mas ninguém vive
Contra as leis do destino.
E o destino não quis
Que eu me cumprisse como porfiei,
E caísse de pé, num desafio.
Rio feliz a ir de encontro ao mar
Desaguar,
E, em largo oceano, eternizar
O seu esplendor torrencial de rio.

(Publicado no "Correio da Manhã",
de 6/8/07, com alterações)

* * *

Um dia, conversando com o escritor Miguel Torga, como o fazia amiúde nos anos a seguir à Revolução de Abril, perguntei-lhe a razão ou as razões por que se tinha afastado do seu velho amigo e conterrâneo, quebrando uma amizade e uma mútua admiração de longos anos, iniciadas no início dos anos trinta, pouco tempo após ter Quintela regressado de vez da Alemanha, onde o nazismo crescia como pão-do-demónio em terra húmida e não consentia em seu seio quem se lhe opunha ou porventura viesse a opor-se-lhe. Nunca obtive uma resposta concreta, o que me fez pensar que não devia ter havido razões definidas, mas sim um conjunto de pequenas grandes mágoas que se foram avolumando e acabaram por se abrir em ferida insanável, à imagem e semelhança de todas as chagas causadas por quem se gosta muito e um dia se separa. Uma tarde em que eu passeava com o Poeta ouvi-lhe que Quintela (nome que aparecia, obsessivamente, em palavra sim, palavra não de todas as conversas que com ele mantive) gostava muito de fardas académicas e de cerimónias litúrgicas, na Sala dos Capelos, motivo de acesas discussões entre ambos, tendo acabado por cortar relações devido à sua fraqueza de ter ido assistir à última lição de Cerejeira, após um período de hesitação em que ele, Torga, teria aproveitado para convencer o amigo que lá não devia pôr os pés, a fim de não se comprometer com o regime...

Por seu turno, Quintela, em resposta à mesma pergunta, não adiantou motivos específicos para o súbito corte de relações, referindo apenas a encenação da peça *Mar*, levada à cena pelo CITAC, como início desse afastamento. Disse-me ainda que as relações pessoais tinham de facto arrefecido antes de a peça ter sido representada, mas que, durante o trabalho de encenação, haviam de novo retornado à temperatura anterior. Ambos os eventos, a última lição de Cerejeira e a encenação por Quintela da peça *Mar*, de Miguel Torga, ocorreram no ano de 1958.

* * *

No terceiro Dia da *Criação do Mundo*, Torga escreve: "Já no fim do curso, conhecera dois professores, um do liceu, outro da Universidade, o Gonçalo [Martins de Carvalho] e o André [Quintela], com quem dia a dia estreita mais as relações. Ia encontrá-los à mesa do café, depois do almoço, saciava a avidez de notícias, e à noite procurava-os em casa e lia-lhes as últimas produções. Mais velhos do que eu e mais cultos, media neles em cada novo contacto o meu próprio crescimento interior. Eram diferentes, e, de certo modo, completavam-se. O Gonçalo, frio, céptico e subtil, apanhava no ar o sentido e as intenções do que ouvia. O André, impulsivo, exuberante, reagia sobretudo ao colorido e ao pitoresco dos temas e das situações. De uma seriedade intelectual que me parecia exemplar, embora inexoráveis no julgamento, mesmo nas palavras de desaprovação punha sempre a brandura da cordialidade. E quando a altas horas deixava o escritório dum e doutro, o do Gonçalo despido e severo como a sua inteligência, e o do André recheado e barroco como o seu temperamento, se não vinha coroado de louros, trazia o que mais precisava: estímulo para continuar."

Entre Torga e Quintela existia uma amizade enraizada num acerado amor que ambos consagravam a Trás-os-Montes, o "Reino Maravilhoso", de onde ambos eram oriundos. "Que belo é ter um amigo! Ontem eram ideias contra ideias. Hoje é este fraterno abraço a afirmar que acima das ideias estão os homens. Um sol tépido a iluminar a paisagem de paz onde esse abraço se deu, forte e repousado. Que belo e natural é ter um amigo!" – escreveu Torga, no dia 4 de Fevereiro de 1935, no *Diário I*.

* * *

Miguel Torga considerava o Negrilho, assentado no seu trono, no Largo do Eirô, uma individualidade humanizada, dotada de sentimentos e afectos e com quem o Poeta dialogava sempre que chegava a São Martinho de Anta, o seu *lugar de onde*. No poema "A Um Negrilho", de 26 de Abril de 1954 e inserido no *Diário VII*, escreve:

A Um Negrilho

Na terra onde nasci há um só poeta.
Os meus versos são folhas dos seus ramos.
Quando chego e conversamos,
É ele que me revela o mundo visitado.
Desce a noite do céu, ergue-se a madrugada,
E a luz do sol aceso ou apagado
É nos seus olhos que se vê pousada.
Esse poeta és tu, mestre da inquietação
Serena!
Tu, imortal avena
Que harmonizas o vento e adormeces o imenso
Redil de estrelas ao luar maninho.
Tu, gigante a sonhar, bosque suspenso

Onde os pássaros e o tempo fazem ninho!
Falece-me competência científica e a outra que desvenda mistérios para apurar se as árvores têm sensibilidade e alma. Como são seres vivos como nós...

No mesmo ano da morte do Poeta, em 17 de Janeiro de 1995, o Negrilho, o outro poeta, que Torga tão bem cantou, deu em esmorecer. Tempos depois morria, ninguém sabe se de saudade se de desgosto...

No Largo do Eirô, o "mestre da inquietação serena" transmudou-se num fantasma enlaçado de hera.

Ele há coincidências que arrepiam!

ÍNDICE ONOMÁSTICO

Aires (Fernando)	49
Albuquerque (Luís)	30
Alegre (Manuel)	51
Alferes (António)	47
Amiel (Henri Frédéric)	68
Arnaut (António)	21, 56
Artur João	26
Bessa-Luís (Agustina)	31
Bettencourt (Edmundo)	81
Botelho (senhor)	28
Brecht (Bertold)	67
Camões (Luís de)	59
Campos (António)	21
Carvalho (Martins de)	40, 61, 85
Carvalho (Raul)	51
Castelo Branco (Camilo)	31
Cerejeira (Cardeal)	84
Cervantes (Miguel de)	61
Correia (Natália)	44, 45
Dacosta (Luísa)	49
Dinis (Júlio)	37
Eurípedes	67
Ferreira (Serafim)	54
Ferreira (Vergílio)	37

Fonseca (Branquinho da)	81
Francisco (meu irmão)	33
Garrett (Almeida)	37, 69
Goethe (Johann Wolfgang Von)	67
Guerra (Álvaro)	21
Johnson (Ben)	67
José Manuel	16, 24
Júnior (Silva)	21
Kant (Immanuel)	67
Laranjeira (Manuel)	49
Lorca (Garcia)	67
Luís (meu filho)	76
Madeira (Viriato)	21
Molière (Pseudónimo de Jean-Baptiste Poquelin)	67
Moniz (José Eduardo)	38
Namorado (Joaquim)	30
Nemésio (Vitorino)	31, 34, 37, 42, 50
Nietzsche (Friedrich)	67
Pessoa (Fernando)	44
Pintas (Loja das)	28
Pinto (Carlos)	17
Prado Coelho (Eduardo)	52
Queirós (Eça de)	13, 37
Quental (Antero)	59
Quintela (Paulo) Quintela (Paulo)	25, 26, 28, 31, 32, 34, 35, 36, 51, 61, 62, 63, 64
Régio (José)	62, 67, 68, 69
Reis (Carlos)	33, 34
Resende (António)	54
Ribeiro (Aquilino)	37
Rocha (Adolfo Correia)	57, 61, 80
Sachs (Nelly)	67
Sacramento (Mário do)	30

Sampaio (Jorge)	39
Saramago (José)	55
Sarton (May)	68
Simões (João Gaspar)	31
Soares (Mário)	25, 39
Sófocles	67
Spínola (General)	26
Unamuno (Miguel de)	61
Vale (Fernando)	39
Valente (Paula)	17
Valentim (Padre)	27, 66
Valery (Paul)	35
Vicente (Gil)	67
Woolf (Virginia)	68